文春文庫

百歳までにしたいこと

曽野綾子

文藝春秋

目次

老年の自由

人間力は会話力

若者よ、心躍る人生を！

また、会う日まで――弔辞

百歳までにしたいこと

老年の自由

老年に向う効用

政治家でも何でも、人は高齢を劣性と考えて卑下する傾向がある。一面では、確かにそれは正しい。まず運動能力が衰える。私など、律儀に？ 両方の足首を十年間隔で骨折したので、今では走っている人を見るだけで、その有能な肉体の動きぶりに感動する。

しかし知性の方はどうだろう。

私は最近行方昭夫（なめかたあきお）氏による『モーム語録』を読んだ。サマセット・モームがそのエッセイや小説の中で、何を言っているかを集めた労作である。多分私がモームが好きだとかねがね書いているので、その本を贈られたのだろう、と思う。知らない言葉の中にも改めて惹かれるものも多かった。

「身勝手と思いやり、理想主義と好色、虚栄心、羞恥心、公平、勇気、怠惰、神経質、頑固、内気などなど、これらすべてが一個の人間の内部に存在し、もっともらしい調和を生み出している」

ほんとうにそうなのだ。一人の人間の中には、崇高な精神性と、野獣のような残忍性が同居していて当然なのだ。

このモームの言葉は、実際にいつ書かれたかはわからないが、少なくともモームが六十四歳になって出版された作品の中に納められている。

それと比べてこういう言葉もあるのだ。

「寛容とは無関心の別名にすぎない」

たとえば、妻が好き勝手に別の男と付き合うようなケースを平然と認めている夫、或いは、妻の浪費に対してほとんど文句らしいことを言わない不思議な夫がいるとする。その場合、そうした夫の表面的な態度を、少なくとも美徳の一種とされている寛容などという言葉で世間は感じないだろう。もっと何か不気味な計算があるかもしれない、と邪推するのである。

私の心酔するモームにしてからが、こんな荒っぽいことを言っているのか！

と少し驚くのだが、この文章が書かれた年代を計算すると、モームはまだ二十二歳なのである。

若さは文句なしにいいものだ、と思われているが、実はそうでもないらしい。天才も凡人も、多分人間は徐々に成熟する。天才なら五歳にして背丈も物事の解釈も一人前になるとはいかないようだ。とすると、私たちにも、健康な老成という変化を、愉(たの)しみに待つということが許されているのかもしれない。

末席からの眺め

現在の私は気が短くて、その為にしばしば人の気持ちを害したり、失策をしたり、転んで足首を折ったりしているが、昔は何につけても行動が遅かったのである。料理も手際が悪い。靴を運動靴に履き替えるのも遅い。飛行場で飛行機に乗り込む時も、たいていは最後近くギリギリになってから列に並ぶ。

終わりというのはいいものなのだ。終わりには答えがついて来ることが多い。最初に乗り込むのは探検家で、前人未踏の境地を探るのだから勇気が要るし、世間の注目を引いてしまって気が休まらない。その点、頭があまり明晰(めいせき)でない者でも、終章に立ち会えばほぼ意味が見えて来る。大勢の人の集まる会場でも、最後列ほどその場の空気がわかる席はない。

人生の終わりになって、死を恐れる人は多い。宗教家の中にさえ死を怖がる人もいる、と非難する人もいるが、私は当然だと思う。むしろ「信仰があっても死は怖いですね」という人の方が、自然で正直でいいと思う。

私はまだ死の告知を受けたことがないので自信を持って「私は平気です」などとは言えないのだが、それでも時々、万人が必ず終わりを迎えるのは平等だし、何より楽になるのだから、いいことだなあ、と思うことはある。終わりがあればすべて許されるのだ。他人の世話でも、性格の合わない人との同居でも、期限がはっきりしていればそれほど辛いことではない。自分の性格が悪くても、家族に「まあ何十年かの間、迷惑をかけます」と言えるのは、死があるからである。歴史上の人物は、たいてい傍にいたら耐え難いめんどうな性格だろうが、彼らがおもしろい人物、愛すべき存在となり得るのは死んだからである。そういう人たちにいつまでも生き残っていられたらたまったものではない。小説家などという偏頗な性格の人間たちも、個人的にお知り合いでなければ、あまり被害を受けなくて済む。

書きたいと思っていてまだ書けない短篇がある。偽ギリシャ神話風に、死ぬことのできなくなった神の悲劇を書いてみたいのである。しかしギリシャ神話の世界は、基本的に享楽的だから、死に対するそうした解釈は不可能だろう、という説もある。「クレオビスとビトン」の物語は、最高の人生の終わり方としての若い兄弟の死を描いているのだが、死ぬことができなくなるという悲劇は想定外らしい。しかし私は日本人だから、日本的な終わりの美学、消えることによる眺めのよさ、展望の開け方を書いてみたいのである。

天から降って来たカラー

　私が時々何日かでかけて、花を植えたり畑を作ったりしている相模湾に面した海の家は、庭のフェンスの外はもう海岸の国有地である。その部分は、ゴミを落とさず清潔に保つべきなのだが、落ち葉のような植物性のものは天然の肥料になるので捨てている。伊勢神宮が、砂利の部分に散った落ち葉を近くの植え込みに戻しているのと同じ自然の循環を願うからだ。

　するとフェンスの外の海際の土地は、長い年月の間にこの上なく肥沃になるらしく、捨てたはずの植物の一部が繁茂したことがある。フキ、カンナ、ランタナから、一時はミョウガが生えたこともある。ミョウガは、やや乾いた畑の一部に植えていて、全く育たなかったので、引き抜いて畑の隅に積んでおいた。しかしその一部が紛れて棄てられたようで、気がついたら一部にミョウガが繁茂していたのである。

茗荷谷、という駅名が示すように、ミョウガは水がちょろちょろ流れているような谷が好きらしい。子供でも植物でも同じであった。性質に合った環境においてやれば、問題なく育つ。

去年の秋、その崖の上の地面で、小さな奇妙な葉っぱを見つけた。どうもカラーだと思うのだが、私の家では作ったことがないので自信もないし、育てたこともない植物が紛れ込む経路はわからなかった。強いて考えれば、畑に播く肥料にいろいろな種が混じることはある。私はカラーと思われる小さな苗を、梅の木の下に半信半疑で植えてみた。この適当な日陰が気に入ったらしく、すぐに葉は大きく繁り、間もなく私の掌くらいある堂々たる白い花をつけた。拾って来た苗とは思えないような見事な花で、浅ましい私は「売れるくらい立派。売って儲ければよかった」と呟いた。

そのカラーは、つまりどこかで見捨てられていた株なのだ。国有地の外まで辿り着き生き長らえた経路はどうしても推測できない。種ではなく、球根で泥と共に運ばれたのだろうが、そうとしてもまだ謎は解明できない。しかし私が喜んだのは、捨てられて、枯死寸前の発育不全の株が生き返ったことである。逆境に耐え抜き、何時の日か所を得れば、見事な大物に育つという事実である。

カラーは運命を少しも恨んでいなかったという感じであった。人生にも多分同じようなことは起きているのだろう。最後まで、生きる意欲と慎ましい努力を続けていると、どこかで大物にさえなれるのである。

すがすがしい空間

　子供の頃は、部屋の中を乱雑にして暮らしていた。壮年中年の頃は、作家の部屋は足の踏み場もないほど本が散らかっていて当然という意識だった。どんなに乱雑でもほしい本はどの辺にあると覚えているものだ、というのは、半ば本当で半ば嘘だった。埋もれた本はなかなか探せない。しかし本の中の必要な項目が、右か左かのページのどの辺に書いてあったかということは、不思議と残像現象のように正確に覚えていた。

　中年を過ぎて体力がなくなる頃から、私は今度は整理魔、捨て魔になった。

　その背後には、八十三歳で亡くなった母の身じまいの見事さがある。彼女は、死後、整理だんす一棹(さお)分の身の廻りのものしか残していなかった。死後の整理は半日で済んだ。

私はまず家中の飾り物を捨てた。文鎮、記念品、写真、手紙、手書き原稿などをどんどん捨てた。原稿と写真は何千枚と数日掛かりで焼いたので、夫と二人、煙で喉を悪くした。

私には整理の才能があるようだった。若い頃は陶器も好きで買い込んだが、また今度は惜しげもなくもらってもらった。物置も食器戸棚も、整理すると空間が生まれる。私はその空間を、貴重なものと感じるようになったのである。

その空間は、私が死んだ時には、残された家族が「片づけなくていいので」ほっとする空間だろうと思われた。私が残すべきは、ものではなくて、彼らが何にでもすぐさま使える空間であるべきだった。

空間はまたしかし、私に心の自由も与えてくれた。もしほんとうに再び欲しいものができたら、本でも陶器でも買えばいい。そう思うことで、私は未来が閉ざされているのではなく、まだ前方に開けている、と感じることができた。

私は冷蔵庫の整理もうまくなった。常備菜、パンを食べる朝に必要なジャムやバターやチーズ類、などはそれぞれ一つの小さなプラスチック・ケースに入れた。

これでケースごと取り出すだけで、すべてが揃っていることになる。

私は料理が好きなので、何一つ食材を残さない。冷蔵庫の中はきれいに整理されていて、奥の壁が見えるほどになっている。戦後の食料のない時だったら、この空間は不安と貧乏の象徴だろう。しかし今私はそれをすがすがしく感じていた。私が死んだ時、周囲がすがすがしく思ってくれたら、それも一つの大成功だと思えるようにもなっていた。

一種の芸術、残り物料理

いつの頃からか知らないのだが、私は料理好きになっていた。結婚したての頃は同居していた実母がご飯を作ってくれた。それ以後、私は少し小説が売れて忙しかったので、誰が見てもその人がうちの「奥さん」だと思うような美人で行き届いたお手伝いさんが、万事主婦の仕事をやってくれた。

五十歳を過ぎて私は、突然料理がおもしろくなったのである。私の料理の特徴は「手抜き」と「残り物整理」である。それに加えれば、心を込めずに素早くやる、という特徴もある。私は何でも「心を込めたり」するのがいやなのだ。そんなことをされたら、相手がさぞかし心理的重荷を感じるだろう、と思うから、いい加減にやっていることを隠さない。

私にとって楽しいのは、冷蔵庫の中の物をすべて使い切ってそれなりにおいしいものを作ることである。だから私のうちの冷蔵庫は、いつもがらがらだ。

その代わり冷凍庫は、いつも満タンになっている。「死体が入るくらい大きい」というのはウソだけれど、冷凍機能だけを備えた冷凍庫を別に持っていて、そこにあらゆるものを貯蔵する。お米、お茶、コーヒー、豆類、海苔、切り干し大根、インスタントラーメン、ナッツ類、クッキーなど、すべて冷凍だ。クッキーは、頂いた日に食べかけがすでにあれば、数日後に缶を開けるわけだから、その間にも味が変わらないように即刻冷凍する。切り干し大根は純白に近い新しいものを冷凍すれば、ほとんど色も変わらない。

私は主に四十代に長い間、取材のために工事現場に入っていた。そこで工程表をよく見た。今は電子的な工程表が使われているが、昔は手書きの表だったから、外部の者も掲示板の工程表を気楽に眺めることができた。私は手順・保管・出庫・整理などということに興味を覚えた。私自身は、決して始末のいい性格ではなかったが、個人が持つことを許されたものを、きちんと管理して使い切ることに、憧れと興味を覚えていたのも事実だった。そしてそれを個人がささやかに試せるのも、料理とその材料の保管だった。残り物の整理というのは、ことに気持ちいい。私は今でも毎年アフリカに行っているから、食べ物が十分でない人の生活を知っている。食べ物を残すのは、私にとって裏切りであり無礼なのだ。だから食品に再び命を与える残り物料理は、まちがいなく一種の芸術だと思っている。

利己的な年寄りが増えた

このごろ、私のような不作法者でなければ、絶対に口にしないことを、若い世代が考えている場面に時々遭遇する。

テレビでドクターヘリというものの活躍を見た翌日だったが、知人の五十代の女性で、介護の仕事をやっている人が、九十代で、ドクターヘリを要請した病人がいた話をしてくれた。もちろん私にはその時の状況がよくわからないのだが、周囲は内心、こうした利己的とも思える行為に、違和感を抱いたのである。

私もこの年になれば、ドクターヘリはもちろん、できるだけ救急車のお世話にもなるまい、と心に決めている。言うまでもなく、若い世代が使うべき社会構造と健康保険を使わないためだ。トリアージと呼ばれるものが世間で常識とされるはるか以前から、私はその言葉を知っていたのだが、恐らくアフリカで教えられた知識だろう。

トリアージとは、「(傷痍兵、被災者などの)負傷程度による治療優先順位の決定方式」のことで、それによって生存者数を最大にすることを目的とする、とされている。その場合、軽傷者の搬送も重傷者より後回しにされるし、生存の見込みのない重傷者の治療は時には拒否される。

「残酷じゃありませんか」と言う人もいるが、人間の本能の中にも、そうした順位付けは組み込まれている。地震の時、たいていの母親は、幼子を自分の体の下において、落ちてくる梁や瓦から守ろうとする。その結果自分が傷ついても死んでも、覚悟の上だ。しかし最近は、何が何でも生き延びようとする利己的な年寄りが増えた。

人間は平等だから、年寄りでも若者と同じような医療を要求する権利があると考える。できればそうだが、できなければ生きる機会や権利は若者に譲って当然だ。

それでも私は、寿命だけは生きるだろう。ありがたいことに、日本人は金の有る無しで、全く医療から見捨てられることもない。ある年になったら人間は死ぬのだ、という教育を、日本では改めてすべきなのだ。

医療の手段がさらに進み、日本が国家としてもっと豊かになれば、年寄りが今よりはるかに高齢になるまで死なないで済むような発想が安易に浸透しているように見える。そんな点でも、日本の教育は手抜かりなのだ。外国では教会が学校に代わって、死の意味を子供に植えつけている。死んでいいというべきではないが、死ぬべき時は必ずある。すべてのものには限度があるのだ。そこで交代、消滅、忘れ去られる義務、なども発生し、結果として若い生命が伸びる。

ドクターヘリをはじめとする、非常に高価な医療手段に対しては、法的に利用者の年齢制限を設けたらいい。ほんとうは利用者自らが「自分が受けてもいい権利を自ら放棄する自由」を明確な意志のもとに行使する判断や勇気が望ましいのだが、こうしたことは若い世代は言い出せないらしいので、私が代わって言っておくことにした。

与えて死ぬ時期

ヨーロッパに住んでいる友人が日本に帰ってきたのをきっかけに、私も九州を数日旅行した。どこに行っても、独特の文化表現があり、それを支えている落ち着いた地方性がある。公共の施設は、整備がゆき届いており、壊れっぱなしになっている設備など見当たらない。日本は多分、世界一の水準を保った日常性に恵まれるようになったのだ。町に乞食もいないし、お金がないから医療機関にかかれない、という人もいない。子供に初等教育を受けさせられない人もいない。日本全土に住む日本国民がほぼ等しく同じような恩恵を受けられるように整備することだって容易なことではない。それを社会はここまでやってのけた。私たちの正直で勤勉な先輩と、賢い同世代人のおかげである。日本の最大の資産はこういう上質の同胞である。

日本は国家としての経営に成功したのだ。アジアを見ても、いまだに部族や宗教上の対立に苦しんでいる国が多い。私は人にも国家にも、運があると考える性格だ。もちろん舵(かじ)を取るのは、その時の政治であり、民族性だが、その陰に運のよしあしがないとは言えない。そうした人間的な要素を考えて、もし日本が幸運なら、受けた恩恵をさまざまな形で、「お返し」する意図があるべきだろう。世の中でも、もらうことばかり考えていて、お返しをすることを思わない人には、運が向いてこないのではないかと思える時がある。

テレビで第二次世界大戦の歴史を見ていると、しかし賢いはずの人間の中にも、常に「愚」の部分が組み込まれている。あるいは度を過ぎた欲の心が同居している。そのバランスをはずした部分に気がつかない時が、個人にとっても社会や国家にとっても、危機に違いない。

人間は自分が幸福になることを求めていいのだが、多くの欲を「かき込む」ことを欲すると、まるでお伽噺(とぎばなし)のいましめの結末のように、後で大きなつけが回ってくる。

日本では私のように、多くの高齢者が穏やかに老年を生かしてもらっている。この世代にも生きているうちにやるべき義務があるだろう。それは綺麗に自分の生活の後始末をして死ぬという計画と、次の世代のために個人的な血のつながりを超えて、何かできることはないかと考える姿勢のような気がする。老年はただ穏やかに生かしてもらえればいい、というものではない。むしろ与えて死ぬ時期が迫っていると思うべきだろう。

先日、知人のドクターが、私にインフルエンザの予防注射をするかと聞いてくださったので、私は笑いながらお断りした。最近では「ワクチン」という異物を体内に入れない方がいいという説もある。私は六十歳くらいから、健康診断というものをしていない。エックス線検査も受けていないので、かえって長生きしているのだ、という嫌がらせを言われるドクターの友人もいるが、人間にはそれぞれに寿命というものがあっていいのだ、と私は思っている。

使命を果たした後の人生

平成二十九年二月に夫が亡くなってしばらくしてから、私は急に自分が疲れているのを感じた。

その疲労は初め疲れとも自覚しないものだった。ただ昼間から眠れる。絶えず何かしなければならないものがある、と思って長年暮らしてきたのに、一時期昼間からそのクサビが取れたように、眠れた。眠ろうと思ってもいないのに、眠ってしまう。

自分の年を考えれば、これが自然の老化現象だとも思えたし、昼間から眠れる生活をさせてもらっているのは、大した贅沢（ぜいたく）だと思うべきだぞ、と自分に言い聞かせもした。

私は、フランスでたった一回「美顔術」のようなものを試しに受けてみたことがあった。

すると、顔の皮が全面、粉がふくほど剝けた。こういう結果を「渋皮が剝けた」と言っていいかどうかわからないが以来、エステと呼ばれるものも受けたことがない。その代わり、指圧だかマッサージだかは大好きで、月に二、三度、古いつき合いの女性に体のこりをほぐしてもらう。長いつき合いだから、何でもずけずけ言う人だ。

「この体はよく働いてきた体だねえ」

「そうでしょう。だから頭も体もボロボロなのよ」

「頭の問題じゃないのよ。体全体が、よく働いてきた体なのよ」

私は何でも自分に都合よく解釈することで生きてきた面もあるのだが、よく働いてきた体だと言われたのは初めてだった。

私はあまり長い距離を歩いたことさえない。アフリカで一日に20キロずつ砂漠ではない岩漠や土漠の上を歩いたのが、唯一の記録である。

もともとスポーツも嫌いだった。何をしたいのかと聞かれると「昼間からだらだら寝ていたい」と答えるほかはない。

自分の生き方が正しいと言っているのではないが、生き方に好き嫌いがあるのはどうにもならない。

私が八十代の後半まで寝たきり老人にならないで済んでいるのは、心がけがよかったからではなく、普通の日本人が受けられる恩恵を、私も受けたからだ。つまり平和の中の生活の安定である。

もっとも私は体を動かさないと自由に生きていけないことも知っていた。好きなことをするには、自分で問題解決をするわずかな体力も気力も必要だった。この因果関係を何とかずるく抜け出して「天下の怠け者」として生きる方法があればいいのだが、今までのところうまい道は見つかっていない。

だから最低限の働きをして、自分のしたいことをさせてもらうほうがいい、と私はこれでも生活の形を選んだつもりであった。

それに過去を振り返ってみると、私にはいつもささやかな使命があった。身近の人たちを、今日一日安全に、清潔に、暮らさせる方途を考える責任は、何十年もの間いつも私の肩にかかっていた。

使命があるということは、疲れもするが光栄も与えてもらったということだ。

それで私は最近大きな顔をして、閑(ひま)さえあれば怠けて、目の前を過ぎていく時間を見ているのである。

老年の自由

最近、老後に二千万円の「手持ちのお金」が必要だという話が、世間で話題になっている。誰によってなされた試算かわからないが、もちろん経済の実情に詳しい専門家によって算出された数字だろうから、世間も少し騒いでいるのだろう。「あわてて貯金」組も多いかもしれないが、わが家の夫がもし生きていたら、「ボクは下着のパンツとシャツしか買わないから、百万円でも余るくらいだ。古着がいっぱいある衣装持ちだから、百五十歳くらいまで生きても不自由しない」と威張って言うだろう。趣味的吝嗇(りんしょく)老人という人種は世の中にいっぱいいて、小銭を遺(のこ)して死んでどういういいことがあるのだろう、と私は思うが、お金を使わないことが楽しくて、10キロ先くらいまでは、電車賃を倹約するためだけに歩く年寄りもいる。

亡夫もそうだった。私の家の近くの駅から山手線に接続する駅まで10キロあるかないか。電車賃は百九十円なのに、それを惜しんで歩くこともあった。

「どっちが損か、あの人に教えてやってくださいよ。百九十円を惜しんで歩くと、ズボンの裾と靴の底が減るんだけど、それがあの人にはわかってないんだなあ」

と年若い男の友人たちは言っていた。しかし老年になるということは、一種の精神の解放を伴うことが、最近私にもわかってきた。若い時代には、まだ先が長いから、病気になってはいけないという責任感もつきまとった。バランスよく食べるには、好きなものだけ食べていてはいけないなどと考えたものだ。

しかしこの頃の私は、そんな理詰めの考え方もやめた。塩辛が大好きだから、塩辛だけで一食済ませることも「老年のすばらしい自由」の一つだと考えている。ただし脳の血管障害を起こさない程度の偏食に留めることには、責任を持たねばならないだろう。

しかし皮肉なことに、長年の節制の結果、この年になると、塩辛だけをおかずに二膳食べようとも思わない。自然に円満な食べ方をしている。食物を捨てたことがない調理もお手のものだから、残りの野菜で、いためものやお汁も自然にできている。つまりどうしても「体にいい食事」をしてしまう仕組みになっているのだ。

何で健康に気をつけるのか。一度老年の一人として言っておかねばならないと思うのは、私としては決して長寿を望んでいるからではない。さしあたり病気になって、周囲に迷惑をかけないためである。年をとるほど、長いレンジでものを考えなくなり、その場限りの都合がよければそれでいい、と思う気分もある。しかしその半面、長い視野が生まれている面もある。

老年に二千万円貯金がなくても、飢え死にする人はないだろう。人間の心というものは、すばらしい柔軟性を持っていて、そういう不運な人が身近にいれば、誰でもおにぎり一個さし出すものなのだ。地球は人が恐れるよりはるかに長いレンジでものを見て解決する聡明(そうめい)さを持っている。

百歳までにしたいこと

「これが故人の部屋でございました」

と誰が案内するのか、私の死後のことだからわからないけれど、案内された人はそう言われても挨拶に困るような状態にして死にたい、と私は希（ねが）っている。つまりがらんとして何もない部屋だ。机の上には市販のボールペン数本と電子辞書、執筆用のメガネくらいしかない。未開封の郵便も、読むつもりなのか廃棄処分にするのかわからないような本もない。

後は当人が廃棄されるだけというすばらしい光景である。

ただ、できうるならば、書斎から見える小さな庭に、数本の桔梗（ききょう）がすっくと立ち上がって、風に揺れながら咲いているといい、と思う。これは私の見栄の部分だ。

恐らく決してそうはならないだろうと思う光景ばかり、人生では鮮明に眼に浮かぶものだ。この二重性の希望の、さらに幻影のようなものがあるから、私たちは人生を生きていられるのだろう。

皇室に抱かれる国民の幸せ

日本が象徴としての天皇家と共にあるということは、実は非常に大きな意味があることだと私は感じている。中心が定まっていないと、物事は、不必要に大きくぶれる。

社会の変えてはいけない部分には、変えないことによる強固な文化の継続があり、変わるべき部分には、常に世の中を流動させる柔らかい生命の誕生がある。不思議なことに、変えてはいけない部分には変えないことによって新しく生命が生まれ、変わるべき部分は変化によって再生する。この複雑な仕組みを単純に一つの原則によって動かしてはならない。

皇室も時代とともに新しい働きをしておられる。阪神淡路大震災の直後、私は皇后陛下（美智子さま）からお電話を受けた。こうした大災害によって受ける大勢の人たちの心理の傷の癒やしを研究しておられる学者がいらっしゃるはずだが、「どういう方々なのでしょう」というご下問だった。

後で聞くと、こういう場合グリーフケア「悲しみの癒やし」という言葉が使われるらしいが、私はその時までそのような「表現」や一種の治療法があることさえ知らなかった。悲しみというものは、一人で向き合い抱き合って月日の経つのを待つ外はないと思っていたのだ。皇后陛下は、それほどにいつも時代の先を歩み、素早く動かれている。

私は三浦半島に週末の家を持っていて、始終そこで暮らしているので、天皇、皇后両陛下は葉山の御用邸に来られる時、お立ち寄り下さることもある。こういう時でないと、私も気楽に「浮世の話」を申し上げられる機会がない。

私の家は、畑の中に建っているので、お話は自然に周辺の畑地の産物の生育状態から始まる。夏の西瓜がよく育って相場が高ければ、農家の奥さんたちも今では気楽にヨーロッパ旅行に行くようになったというようなことだ。

それが「民の竈」が賑わっているかどうかのバロメーターなのだから、私も安心してご報告するのだし両陛下はいつもきちんと聞いて下さる。そうでなくても、両陛下はお越しの時、途中の農道で御料車を止めて、気さくに作業中の農家の方たちとお話しになるらしく、皆喜んでいる。

皇室がこういう形、こういう分野で国民に寄り添って下さっているということを感じる時、誰もが日本国民でよかったとしみじみ思うだろう。

こうした象徴の姿勢というものは、直接国民生活に関係ないというものではない。また、その「あらまほしき姿」を誰かが教えとして伝えるものでもない。天皇、皇后両陛下が人間的な象徴として、国家と国民の間を繋がれる感情が、自然にそのお人柄ににじみ出るものとして、新天皇にも受け継がれるはずだ。

皇室に英邁な方々がいらっしゃるということは、国民として大きな幸せだ。皇室と国民の双方があるべき姿を自然に取り、その結果としての社会が闊達であるということが理想なのである。

物事には全て中心が要る。皇室が、社会の変化の中心の立場を取って下さっているから、日本はその発展の途中もすべての問題においてぶれないでいられた。殊に諸外国が日本という国と接触する時、皇室があるということがどれほど国家としての尊厳を深める魅力になっているか、普段私たちはあまり意識しない。

今の天皇、皇后両陛下は実に人間的で聡明なお人柄である。そのもとでお育ちになった新天皇陛下と、一般の家庭でのびのびと育たれた新皇后陛下が、日本の新時代のために社会の隅々まで入ってご活躍なさるお姿を、私も命のある限り少し眺めさせて頂いてから、この世を辞去したいと願っている。

皇后(美智子)さまの本屋訪問

聖心女子大学を卒業後も、時々、同窓の皇后陛下（美智子さま）とお会いすることはあった。皇后さまは、私の三学年下で、同じ聖心女子大学にいらしたのである。私がやや専門かと思われる分野でご下問のある時は、電話でお答えしたり、書類を持って御所に上ることもあった。

そんな折、皇后さまが「本屋さんをゆっくり歩いてみたい」とおっしゃった。世の中には常に欲しい本もあるが、見ているうちに読みたくなる本もある。しかしご結婚以来長い年月、皇后さまは、気楽に本屋さんにいらしたこともないという現実を、私は初めてその時理解した。

おでかけになる場所によっては、とうてい不可能という所もあるだろうが、本屋さんは不可能ではないと私は思った。大手の書店で、ゆっくり書棚の間をお歩きになりたいのだったら、できないことはない。もちろん私一人では無理だが、業界で力のある方の助言と助力を頂ければ、何とかなるだろう。

それから下準備が始まった。二〇一五年のことである。大手の書店で、皇居からお車の便もよく、売場も比較的静かであることが条件だ。そこで渋谷の東急百貨店本店のジュンク堂がいい、ということになった。

皇后さまがくれぐれも過剰な警備や他のお客の入場制限など、特別扱いはしないように、とおっしゃったので、ご来店は朝十時の開店と同時ということになった。幸い東急本店には、地下二階の車の降り口の眼の前に、書店までの直行エレベーターがある。開店と同時ならエレベーターに乗り合わせる客もあまりないだろう。そして皇后さまは、ほとんど誰にも気づかれずに書店の中をお動きになれるだろう。

この作戦の前には数人の各界の実力者が集まって下準備をして下さった。「できるだけ物静かに目立たなく」すべてが動くように、ということである。

大体予想通りだった。開店直後の大書店は客も二、三十人という程度で、それが広い売場に散らばってしまうと、ほとんど目立たない。他に客ではないサラリーマン風の人たちがいたのは皇宮警察や渋谷署などの警察官で、あとは当時まだ元気だった夫の三浦朱門と私だけである。

予定通りお着きになり、待っていたエレベーターに乗り込まれて、売場にお入りになった。店員さんたちは知っていたと思うが、手を止めて深々とお辞儀などしないように頼んであった。すべて空気のように静かなことが皇后さまにとってお楽だろう、と思ったからである。

夫と私は、皇后さまがお立ちになっている書棚から10メートル以上離れた所で立ち読みをすることにした。あくまで、自然にまばらに人がいるという店内の感じにしておくのが目的である。

私が恐れていた唯一の心配は、途中で誰か若い人が気づき、メールやツイッターで「皇后さんが渋谷にいるぞ。すぐ来い」などと流されたら困るということだった。しかし幸運なことにこうした人種は開店早々の書店には来ないし、呼ばれた友人も本屋の場所など知らないから集まりにくいだろう。

開店後の書店は日常的な空気だが、まだ静かだった。後でマスコミから、皇后さまはどういう本の棚を見ていらしたか、と聞かれたが、それはプライバシーに関わることだから、と答えなかった。本当は知らなかったのである。

途中赤ちゃんを背負ったお母さんが明らかに売場の皇后さまに気づいて、一瞬ひるんだが、彼女はそれだけで遠ざかった。別に遠ざからなくても皇后さまはお気になさらなかっただろうが、優しさを知っている人だった。もう一人男性の学生らしい人がぎょっとした顔をしたが、彼も数秒後には視界から消えたところをみると、どこか遠くの書棚の間に移動したのだろう。

約一時間とは言っても、書店での一時間は実に短いものだった。いつも周囲に迷惑をかけることを心配なさる皇后さまは、書店の小さな応接室にお引きあげになり、そこで小休止された。

書店の社長と私は、大体そういう流れで打ち合わせていたのである。皇后さまは、時間がなくて、児童図書と文房具の売場をご覧になれなかったことが少しお心残りだったとおっしゃったので、次にはもう少しお時間を頂いて、最近の文房具もご覧になれるようにしよう、と私は思っていた。

書店では、そこで皇后さまとお相伴の私にコーヒーを出して下さった。これもあらかじめ約束ができていたことである。夢中で本を見ていると疲れるし、喉も渇くし、手も汚れている。ご休息の時、「お手拭きと、コーヒーを一杯ごちそうして下さいませんか」と私は社長に頼んであった。

「コーヒーの味を気になさらないで下さい。まずくても喉が潤うだけでもそういう時の飲み物はほっとするものですから」

そのお願い通りのコーヒーであった。私は思わず言った。

「まずいコーヒーをお願いしてましたのに、おいしいコーヒーじゃありませんか」

皇后さまが変な顔をなさったとも思わないが、私は「まずいコーヒー」が登場するはずの経緯をお話しし、皇后さまは笑って下さった。舞台裏の話というものは総じて、寛大に受け取られるものである。

私は葉山の御用邸から20～30キロ離れた三浦半島の南端に近いキャベツ畑の中に週末の家を持っていて、時々、両陛下もお立ち寄り下さる。お目にかかれば必ず話題に出るのは、近隣の台地で栽培しているキャベツ、或いは今年の大根の値段である。今の農村は総じてお金持ちだが、それでも私は顔見知りの農家の方に会うと、すぐキャベツや大根の値段の話をする。その結果得た知識を、両陛下にもお伝えしたくなる。

「去年ハワイ旅行をした方たちも、今年、野菜のお値段が高ければヨーロッパ旅行にいらっしゃるんだそうです」

そういうご報告をしたいのである。

それから最近の農家にある大根洗い機の構造をお話ししたこともある。陛下は自動車の「自動洗車機」の構造などご覧になったこともないと思うが、私は短時間、自動車の「自動洗車機」と大根の洗い機の構造の一致点をお話しする。誰か知らないが、最初に「自動洗い」の装置を考えついた人は、ほとんどどんな「洗い機」でも作れるようになった。「議事堂を洗え」などと言われると困るが、大仏さまだって機械が大きければ洗えるはずだ。子供だって、大人だって立ったまま洗える。

農村の人たちは、長い年月、暑さ寒さに耐えて、厳しい農作業を続けて来た。その原則は変わらないのだが、それでも土つきの大根を、両側で廻っているタワシというべきか、ブラシというべきかわからない洗浄装置の中に突っ込むと、大根一本あたり一分以内で泥が落ちるような機械はできた。大根一本一本を冷たい思いをしながらタワシで洗っていた時代よりは楽になったというべきだろう。私はこうした自分にも理解できる程度の機械化が大好きだし、他人の場合でも幸福の実感を感じられる性格であった。そして勝手に、農家の人たちの労働が少しでも楽になったとお聞きになれば、両陛下もそれを喜んで下さるだろうとも思うのである。

両陛下のご退位以後のことは、拝察する方法もないが、私が普段から見聞きしている世界のことなら、お目にかけたいし、話もお聞き頂きたいと思う。葉山の御用邸にご滞在の間に、私の家で夕食を召し上がって下さることもある。「東京の料亭の人を呼ぶの？」と聞く人もいるが、すべて私の手料理だ。それで初めて両陛下は、今、庶民は何を食べているかお感じになれるだろう。我が家で作った家庭料理に大根が加われば、自然に近隣の農家が、今年は大根でお金が儲かったかどうかにも話が及ぶ。両陛下は村をお通りになる時、時々お車を停めて作業中の方たちとお話をなさることもあると村の人たちは喜んでいる。

昔、霞が関でその頃はまだ元気いっぱいだった小松左京(こまつさきょう)氏と会ったことがある。小松氏は、短時間の立ち話だったにもかかわらず、つい先日天皇陛下にお会いした話をしてくれた。その言葉の端々には、自分が会って楽しかった人物としての陛下が、生き生きと映し出されていた。

私は小松氏と全く同年だったので、日頃から少々無礼な口をきく空気も許されていた。

「小松さんから、そういう陛下像を聞くとは思わなかったわ。もう少し批判的な、と言うか……」

すると小松氏は楽しげに私に反論した。

「いや、あの方は大した方だよ。素質も素質だけど、生まれた時から、超一流の知性たちの実に正しい話を聞いて来てるから……」

ご退位以後、長年のお疲れを癒やされたら、皇后さまには前以上に世間の隅々をご覧になって頂けたら、と希っている。書店にももっと頻繁に立ち寄られ、児童図書の棚の前でもゆっくりなさって頂きたい、と思う。そこで初めて両陛下の全日本発見の旅が完成されるというものだ。

皇后陛下（美智子さま）お誕生日

——国民の幸福のために捧げて

皇后陛下（美智子さま）が、今日お健やかにお誕生日をお迎えになりましたことを、お招きに与り（あずかり）ました一同、心からお祝い申しあげております。

今年のお誕生日は、清子（さやこ）内親王殿下のご結婚を間近にお控えになって、慌ただしく、しかも一日一日が貴重なお時間でいらっしゃることと拝察いたします。

私共庶民の感覚でございますが、どこの家庭でも、娘をお嫁に出します時、お父さまは少しお寂しいようです。娘は絶対に嫁にやらん、とまでおっしゃる嫉妬深いお父さまも世の中にいらっしゃる理由でございましょう。しかしお母さま方は、総じてお婿さんという息子が一人増えて、家族が賑やかになって得をしたような気分になるケースが多いのではないかと思われます。

紀宮（のりのみや）さまが、優しく賢く温かい女性に育たれましたのも、両陛下のお心に包まれ、両陛下の人間的な徳を毎日お傍で見てお育ちになったからでございました。改めて紀宮さまのご結婚にお祝いを申しあげますと共に、宮様には、ご結婚後も、始終両陛下をご訪問になりまして、ご体験談、発見なさったこと、時には失敗談もお話しくださって、両陛下に改めて日本人の暮らしぶりを時々刻々お伝えくださいますようお願い申しあげます。

初夏のことでございますが、私は、世界の極貧の地で働くカトリックの神父とシスターたち四人（一人はボリビア、一人は南ア、お二人はマダガスカルからでした）を、皇后さまにご紹介申しあげるためにお伺いいたしました。お忙しいスケジュールの合間を縫って皇后さまは四人にお会いくださり、詳しくその仕事の内容をお聞きくださいました。恐らくシスターたちは一生に一度、世界の果てで働いている自分たちの仕事ぶりを聞いて頂けたという喜びでいっぱいになられたと思います。私は御所を出てから、シスターたちに「皇后さまにお会いして、どんなご印象でした？」と余計な質問をいたしたのでございます。するとシスターはちょっとためらいはなさいましたが、ごく自然に「何だか修道女みたい」とお答えになりました。お立場も、ご生活も、任務も、皇后さまとシスターとは全く両極端の違った世界におられると見えるのですが、そこに共通点を見いだされたことは、新鮮な驚きでございました。

皇后さまは、そのご生活を天皇陛下と共に国民の幸福のためにお捧げになりました。徹底して、おためらいもなく、毅然として、しかも少しも悲壮なお顔もされず、ごく自然にそのお立場に立たれることをご承諾なさいました。

シスターたちも同じように、エイズでやせ細り、今日食べるものもない人たちの垢や埃を受けながら何気なく働き続けていらっしゃいます。シスターたちが自分たちの仕事を一番正確に理解してくださるのは皇后さまだ、と感じたのも考えてみれば当然のことでした。

皇后さまは先日『歩み』というお題のお言葉集をお出しになりました。その中でも皇后さまは、背中の殻いっぱいに悲しみを背負ったでんでん虫のことにふれておられます。そして少し大きくおなりになった頃、「生きていくということは、楽なことではないのだという、何とはない不安を感じることもありました。それでも、私は、この話が決して嫌いではありませんでした」とお書きになっています。こうしたお心が、アフリカの貧しい土地で働くシスターたちに、皇后さまを「修道女みたい」と言わせたのでございましょう。

でも両陛下も、もう三十代の青年ではいらっしゃいません。でんでん虫の殻の重荷は、ほんの少しずつお年と共に自然にお減らしになって、いつまでもお元気でいらして頂くことが、私たちの希望を支えているということも、時々思い出して頂きたいのでございます。

今日はほんとうにおめでとうございました。そしてお招きもありがとうございました。

突然、何の予告もなく

二、三年前のことである。

或る日、皇后陛下（美智子さま）からお電話があった。私が多分よく知っているだろうと思われる分野についてのご下問があった。

いろいろな都合で、私はその日、私なりに用意したお答えを持ってお住居の御所に伺うことになった。日曜日のことである。皇后さまにご奉告していると、御所の侍従や女官らしい方々が、お出ましになっている陛下のお帰りの時刻に皇后さまがどこでお迎えになるか、という打ち合わせに何度か入って来る。

私はむずかしい立場だった。皇后さまからのお呼び出しだったのだから「では、私はこれで帰ります」と申し上げるのも適当ではない。しかしいつ迄もいるのは気がきかない。

私は落ちつかない思いで、皇后さまのご質問にお答えしながら、心理的にはもう半分椅子から立ち上がりかけているような気分だった。そんな状況で、二、三十分が過ぎると、突然、何の予告もなく、陛下が向うから部屋に入って来られた。私たちの生活ならよくあることだ。そして世間の妻たちなら「あら、案外早くお帰りだったのね」で済ましているケースだ。

その陛下のお姿が今でも忘れられない。皇后さまに、昔からの友人が来ているとおわかりになった陛下は、皇后さまを立たせたくないというお計らいで、お迎えにならなくてもいいようなご配慮をなさったのではないかとさえ思う。

一言で言うと、陛下は柔らかく温かい徳をお持ちの方である。しかも超一流のすばらしい知性から教育を受けられた。私たちは普通、このような状況のもとに育った人格をあまり見ることがない。

私は時々、皇后陛下は、陛下に深く惚れていらっしゃる、と思うこともある。当然のことだし、この言葉遣いはあまりにも庶民的だ、と分かっているから、口に出したことはない。しかし日本の象徴である方が、人間的な深い信頼と尊敬と労(いたわ)りでご家族を結ばれていらっしゃるのを遠くから拝察するのは、一日本人としての私の喜びであることは間違いない。

人間力は会話力

沈黙も会話も人間力

昔私が入れられた修道院付属の小学校には、厳しい沈黙の規則があった。お喋りをしていい場所と、そうでない所との「棲み分け」があったのだ。靴を脱ぎかえる玄関、学校の廊下、教室、登校時の電車の中などがそれに該当した。もっとも私たちは完全には規則を守らなかったのだが、やかましすぎる光景を校外で見ると、居合わせた意地悪な卒業生などが必ず学校に告げ口した。最近、近くに保育園ができるというので、周辺の住民が反対運動をした。静かな住空間が乱されるというのである。その時、園児に、外ではお喋りをしないというしつけをします、という姿勢がないのにびっくりした。子供でも沈黙を守れないことはないのである。

数年前、着席して食事をするある会合に出席した。主催者はわざと席を決めていなかった。出席者はある種の学問上の専門家集団で、私はその中で無知な異分子であった。しかし背伸びすることはないのである。私は隣席になった人に自己紹介をして、専門家の話を聞かせてもらおうと楽しみにしていた。しかし驚いたことに、その場は全員が「その業界」の人であるにもかかわらず、スピーチを聞くだけで、隣席の人と全く会話をしていなかった。日本風に名刺を交換して「あの件はどうなっているかご存じですか」とでも聞けば始まることなのに、出席者は全く無言なのである。

そういえば、マスコミも同じであった。全く同じ取材目的で一つの場所に集まっていることはお互いにわかっているのに、A社もB社もエレベーターの中で「おはようございます」も「よろしく」も言わない。私の方が感覚がずれているのだろうと思いながら気味が悪かった。

事業はもちろん、政治も教育も医療も外交も、あらゆる人間的行為はすべて会話ができなくては始まらない。武力は、最低の手段で、その前に人間的にしてみるべき突破口はたくさんある。それらはすべて会話で行われるのである。

今は皆が喋らない時代なのだ、と言われたが、喋るには表現力と、語るべき内容がなくては続かない。その点の教育は全くできていないのだろう。

昔から日本の家庭では、食事の時、子供を喋らせなかった。黙ってお行儀よく食べなさい、ということだったのである。しかし国際社会はそうではない。

食事の時、左右に座っている異性と、エコヒイキなく喋らなければならない。その会話の内容は豊かで人間味にあふれ、礼儀正しくはありながら多才であるべきなのだ。それには、一人一人語るべき人生を持っていなければならない。

高度の認知症の世代が集まって過ごす施設では、皆が押し黙っている。それが悲しいが、どうしようもない。しかしまだ認知症でないなら、静寂が必要な場所では沈黙を守り、人々の中では闊達な会話のできる人を育てなくてはならない。

沈黙を守るのも、会話をするのも人間力を駆使した義務なのだ、と、親も教師も覚悟しておいた方がいい。

国運を左右する会話力

家に介護をしなければならない高齢者がいるのに、代わりの人を頼んで二週間の休暇を取ってフランスへ遊びに行ってきた。もともとこちらにも体力がないので、ニースという南仏の町にずっと滞在していた。私は一つの町に居続けて、同じ窓から見える生活を眺めているのも好きなのである。それでも毎日、町へは出る。長い距離は歩けないのだが、バスに乗ればさまざまな人種の乗客の顔をこっそり見ているのも楽しい。旧市街の石畳の広場に週に何回か立つ魚市では、魚屋のおじさんが、ほんの数秒の間に売り物のイワシをかすめ取るずうずうしいカモメをどなり、水をぶっかけ、カモメは追われた報復に、近くに駐めた車の屋根にさんざんウンコをする。

この土地の特徴は、誰もが日本人よりもよく喋る、ということだった。実際に人々は行きずりの人とでもよく言葉を交わしたし、むっつりしている人でも、肉体そのものが能弁だった。空港やバス停で、見知らぬ人の流れを見るのも私は好きなのだが、日本で同じことをしている時、私は心の中で何を考えているかというと、せいぜいでその人の年齢か職業を推測しているのであった。それ以上にその人についてわかるわけはない、と考えているからでもある。しかしフランスでは人々は「牝（めす）」あるいは「牡（おす）」の度合いを競い合っているように見えた。しかし同時に人々はたった今バス停で隣り合った人とでも、初めて入ったレストランの給仕人とでもよく喋った。もちろん、いい友達というものも、いっしょにご飯を食べる仲というより、よく人生観を語り合える人との間柄を指すのである。

日本人は、（もちろん人にもよるが）あまり会話をしない。しかしほんのさっき知り合った人とでも話し始めれば、嘘か本当かは別として、その人の「半生」か、「三分の一」生くらいはわかる。それは現世の悦楽の一つなのだが、同時に哀（かな）しさや寂しさを味わえる機会でもある。

考えてみると会話力というものは恐ろしいものだ。その人の出自がわかる。教養、性格、人生観、くせ、興味の対象などがすべてあらわになる。政治でも外交でも、思わぬ失敗を招いたり、反対に信じられぬ展開を見るのも、その会話力であろう。

会話は腹が据わっていなくてはできない。相手のごきげんをとろうとすればかえって嫌われ、自己宣伝などしようものなら侮蔑される。自分のことばかり喋れば、やかましいやつと思われ、一切自分を語らなければ、何か腹に隠しているうさんくさい存在として敬遠される。

人と語るのは、多くの場合「ただ」だが、その分、その個人の知識や体験の蓄積が要る。しかし人と語れば語るほどまた多くの知恵を取り込めることを、日本人の、特に若者たちはあまり自覚しない。外国語を喋れるかどうか以前に、語るべき深い内容を持つ人になることが先決だろう。これは受験勉強以上に大切な教育である。日本の国運も企業の将来も、その点にかかっている、と言えなくもない。

学ぶ道はいくつもある

世間は肉体の病気に関しては、物わかりがよくて協力的である。はっきりと症状の出る前に、予防的にその悪い傾向を取り除くべきだとさえ考える。主に不規則な生活習慣を直すのだ。食事や飲酒の悪癖、毎日の生活のテンポなどに偏りがあればそれを是正する。労働と休息の時間をうまく割り振ることの下手な人は、世の中に多い。

一方、精神を健全に保つ方法については、世間はあまり厳密に考えていない。少なくとも私の周囲は……である。それでいいのである。算数や物理や歴史と違って、私たちは人間の精神を、生きた人から直(じか)に学ぶ。しかし学ぶ道は一つでない。効率よく無駄のない道はあるが、人生は迷った時にも学ぶのだから、簡単に考えられない。
私はこの年まで概ね健康だったが、大して害をなさない健康上の不調はある。その一つは膠原病と呼ばれる病気の範疇に含まれるもので、この病気の原因もまだ明確になっていないようだ。強いて言えば満六歳までに、病原菌があまり入らないような清潔な暮らしをしたことがいけない、という説があるのは読んだことがある。

戦争前の日本には、消化器系の病気が、幼児の命取りになるケースが多かった。抗生物質がなかったから肺炎も危険な病気だった。そのために世間の親たちは神経質なほど、子供を病原菌から守ることを考えた。私の母も、ドクターが持つようなアルコール綿を入れた容器をいつも携行していて、ピクニックに行った先でリンゴをむく時も、手指を消毒していた。私が今、少し困っている膠原病の一種も、六歳くらいまでに少々の不潔の結果である免疫が、身につかなかったせいかもしれない。

人間は善からも学び、大きな影響を受けるのだが、実は悪を知ることによっても強くなり、成長する。医学上もそういう面はあるらしい。私はアフリカの奥地へ入るような場合、一、二週間前から食事前に手を洗うのをやめている。そして現地へ着けば、できるだけ食前、食中、食後にお茶を飲むのをやめる。水分は食間に摂るのである。食事の間に胃酸を薄めると、殺すべき菌も殺せなくなるからだ。これは旧陸軍が教えたやり方だというが、薬がなくてもかなり有効な健康法の一つだ。

私たちの体に備わった防御力などというものは、新薬に比べるとあまり宣伝されていないが、それこそいつでも役に立つ。私たちの体や命も、先人から伝えられた機能の置き土産によって保たれているのを知る。

有効な健康法の一つは、明確な目的を持って暮らすことだろう。どんなものでもいいのだが、これをやり遂げたいという目標を持てば、日々の生活は違ってくる。しかし最近のような穏やかな社会の中では、取り立てて目標を決めなくても、日々は怠惰に流れて、これといった問題も起こさない。

それが実は問題なのだろう、と私は思う。健康な食欲のためには空腹が要る。精神の空腹を自覚するためにはいささかの操作が要る、と私はこの頃自戒している。

永遠の課題

「『ゆるせない』
——だれもが聞くことばです。
けれども自分に向けられた
神のいつくしみを受けるために心を開けば、
自分もゆるせるようになります」（『ローマ法王の言葉』）

ローマ教皇（法王）フランシスコが短い間だが、日本に立ち寄られた。カトリック教徒でない人々は、この方がいったいどんな方なのか知りたいと思うだろうが、私もまだその伝記を読んだことがない。

教皇は一九三六年、アルゼンチンの生まれである。

戦争の時など、特定の人に深い恨みを持つ人は多いだろう。そうでなくても、人生で一度や二度、許せないと思う相手に会うことは珍しくない。

しかしそれでも時がたつと、憎しみが変質してくることが多い。私もあるときそのことを知ったのだが、私はいい加減な性格だったから、自分のこの変化を便利なものとして簡単に受け入れた。しかし自分の中で、そのような変化が起きることさえ許せない人はいるのである。

いつから憎しみが正義を代行する情熱になったのか。ことに自分に自信を持ちすぎている人間には、この変化は辛（つら）いことらしい。

自分が今まで生きてきたことは間違いない事実だ。

その間、多分長い年月、私には食事と衣服が与えられたからこそ、私は生きてきたのだ。

寒い時には暖房のぬくもりも味わえた。百人中百人近くが、今では字が書け、簡単な算数なら理解できる。だから日常生活が人並みにできる。それも誰かがどこかでその人に、そうした知識を教えた結果である。

身近な家族ほど許せないものだ、とつぶやいた人を私は知っている。しかしもしそうなら、許せないほどの相手は、限りなく自分の分身なのだ。許すほか、解決の道はないだろう。私たちを取り巻く社会は、それほど緻密に入り組んでいる。

昔は敵討ち（かたきうち）の相手を、長い年月の間探し続けて、出会って討ち取れば、それで「めでたしめでたし」、ということになっていた。敵討ちが終わった夜、その人は、他人が見たら祝杯を挙げているように見えたかもしれないが、酒の味はいいものではなかったろう。もし少しでも自分が討ち取った相手のことを知っていたら、悪酔いの度合いはさらに深まったに違いない。

敵討ちには、人間関係など必要ない。人間を理解していたら、とうてい仇（かたき）など討てなくなる。するとその人は一生をかけた目的も達せられなくなるのだから、これも残酷な話だ。

今では敵討ちの関係で済むような簡単な人間関係はなくなった。人の心理は簡単に相手に伝わらなくなった。だから明確な解決の方法も見つからない。そこで人間の関係は、さらにすばらしいものになったのだ、と私は言いたいが、人間は苦しまねば人間になりきれないというのは、全く不都合なことだ。

しかし人間にはそれができるはずだ、と思われたからこそ、それは神から人間に与えられた永遠の課題になったのだろう。

旅の醍醐味は「予想外」

昔から、人生の後半の楽しみの主なものは旅行だという世間の常識もあって、事実多くの人がその通りの心理状態になった。しかしその旅の内容はずいぶん昔とは違ってきた。母の時代の旅の目的地は主に温泉で、それもせいぜいで東京から熱海（あたみ）止まりだった。

箱根を越えて更に遠くに行くということは大旅行と思われたのである。もっとも、私の同級生に、明治生まれの両親の新婚旅行がハワイだったという人もいた。航空機の旅行などまだ考えられない時代だったから、ハワイに行くにはお金のことは別にしても、船旅で何週間もかかったろうと思う。そういう夢のような暮らしのできる上流階級がいないでもなかったが、庶民の暮らしは質素なものだった。

最近のニュースを見ていると、クルーズ船の旅を楽しむ人たちは多くなっているようである。地上なら着る機会もないようなドレスを着る場もある。私も一度だけ「クルーズ大好きな」友人に誘われて、ベトナムからシンガポールまでの比較的短い船旅をしたこともあるが、あまりおもしろいものとも思えなかった。私は貨物船の勉強をして、その世界のことは少し詳しくなっていたから、むしろ遊び目的の船旅より貨物船に便乗させてもらう方が楽しいだろうと思う。もっともそのクルーズでもすばらしい体験はあった。私は早起きなので、まだ暗いうちからデッキに出て、日の出の頃にとりあえず出されるコーヒーを海風の中で飲むことができた。これは想像もできなかった贅沢に感じられた。

世間一般の旅人は、快適で気持ちよく、旅が予定通りに進むことを望むようである。しかし私は反対だった。旅はよくわからないから行くので、予定通りだったら、家で寝そべりながらビデオを見て楽しんでいる方がいい。その意味で、私にとって旅をしたといえる贅沢は「アメリカ合衆国本土の北端シアトルからパナマまで」と「アフリカの顎(あご)の部分を縦断するサハラの旅」の二つの自動車旅行だった。

その二つの旅が貴重だったのは、それが予測もつかないものだったからである。旅は一種の戦いに似ていた。合衆国からパナマまで、私はずっと四つ折りにした百ドル紙幣を数枚、靴の中敷きの下に隠していた。途中で強盗に遭って身ぐるみはがされた場合に、救援を求める時の電話代である。

砂漠の旅は「人間何をどうしたら生きられるか」を実感する機会を与えてくれた。移動と夜営をくり返していると、二十四時間に一台くらいの割で行き交う車に会う。その度にそれとなく私は、同行者と少し離れた所に立って身構えていた。相手が強盗だった場合に備えていたのだ。何一つ武器らしいものを持っていたわけではないが、一瞬のうちに全滅しなければ、生き延びる方法もあるかと思ったのだ。旅は日常性から隔絶されるために行くのだと私は思っている。だから予定通りの旅行はあまりおもしろくない。

「理不尽」を知る効用

人間の性格には明らかに二つのタイプがある、と昔から私は思っていた。自分の未来に関して一途（いちず）に成功を信じられる性格と、多分うまく行かないだろうとして備える癖を持つ人とである。自分の成功を信じられる人は、金持ちになり方もうまい。お金ができた時の身の振り方も、最初から板についている。

しかし私のように、世の中で成功することなどめったにあるわけがない、と思っている人間は、仮に急に金持ちになっても、お金の使い方はてんで身についていない。ヨットなど人に勧められて買う破目になりそうになっても、買う前からそれがどんな重荷になるか、目に見えてしまう。「お妾（めかけ）さん持つのも大変だっていうけど、ヨットなんか持ったらその何倍か大変なんですよ」と言われることの方がよく理解できる。

もっともお妾さんの比喩はかなり古い時代のもので、今時の私の生活の周囲には、その存在の重さの片鱗（へんりん）も匂わせる生活はない。お妾さんが妾宅（しょうたく）で暮らしている姿が、全く見えないからである。

昔は小さな門のついている家くらい買ってもらえるお妾さんはよくいた。今だってお妾さんがマンションを買ってもらうケースはよくあるのだろうが、マンションでは、その暮らしぶりを外から臆測する手がかりがあまりないのである。

日本の自動車製造を代表するトヨタとホンダが、新型コロナの影響で、共に新車販売が激減する見通しだという。コロナだけではないだろう。日本の車は質がいいから、使ってもなかなか減らないことも大きな原因のように私は感じている。

これは車の評判としては得がたいものだが、車が消耗品として意識されない理由の一つでもあろう。車も古くなって使えなくならないと、次のものを買う気にはならないのが人の心の自然なのだ、ということまで多少は考えないと、人生はわからなくなる。

私の子供時代の暮らしを思い出してみると、そうした人の暮らしの経緯を知るのは、親たちの話を聞いている時だった。当時は客間もリビングダイニングもない。私の家では、家族も親しい客も、冬ならば皆居間の炬燵に集まっていた。そこで私は宿題をする振りをしながら、知人の小母さんの知り合いの男がお妾さんの「始末」をする話などを実に熱心に聞いていた。だからそこは、子供を大人にする最高の教室だった。

今、大人たちは、あまり話をしない。従って子供がそれとなく大人の世界を立ち聞きする場所も機会もなくなった。これは教育には喜ばしい状態だ、という大人もいるのだろうが、私には子供が薄っぺらな大人になる理由だと思える。

「理不尽」という言葉がある。「道理に適わないことを、強引に行う」ことだという。人生では理を尽くした方がいい場合が多いが、時には理不尽に立ち向かう勇気も要る。理不尽でないと、その不都合な「時」を突破できないこともあるのだが、理不尽の輝きを口にする人など、昨今ではめったにいなくなった。

誰でも人の重荷に

最近流行のコロナという病気の現実を、私は全く知らない。知人はもとより、知人の知人にも未だ「コロナに罹った」という人がいないからである。決して人の病気を望むわけではないが、一人もその運命を体験していない、ということは、小説家に対しては説得力に欠ける。

私は自分の人生が面倒くさいことに巻き込まれるのがいやで、事が紛糾するくらいなら相当に重大なことでも「妥協」しておこうとさえ思いそうになる性格だが、それ故に、自分が下らないことで悶着の種になること、人に迷惑をかけることがないようにと思っている。しかし考えてみると、人の重荷になる瞬間がない人生などないのだ。人生のあらゆる些事で、私たちは人の世話になっている。

コロナ騒ぎに付属して、意外に立役者に近い役目を担ったのは、今回もトイレットペーパーであった。たかが「落とし紙」に大の大人が、必死に並ぶ光景が出現したという。もっとも私の知る限り、落とし紙はよく人生の転機を担っている。

私の「知人の知人」は、青春のある時期、人並みに屈折した日々を送っていた。そんなある日知人の家でトイレを借りた。当時はまだ、落とし紙を入れる四角の薄いカゴの中に、古い新聞紙を入れている家も、けっこうあったのである。トイレを使う人が勝手に破って使えということなのだ。トイレの構造が水洗ではなかったから、どんな紙でも使えたのである。その人は「ん」をしながら見るともなく新聞の広告欄を見ていると、某大学の入学の募集要項があった。それで「オレもこの大学にでも行くかな」と思った。そこに彼の伸びやかな賢さがあった。

事実それが「運のつき」ではなく「運のつき始め」であった。

その大学で、彼は得がたい多くの知己を得た。相手方も、結果的に彼の才能を素早く見抜いて、卒業後の仕事を回した。今風に言うと彼はあちこちからスカウトされたのである。こういう運命を無言で用意した新聞紙は偉大な存在だ、と私は思う。なめらかで柔らかいトイレットペーパーだったら、とてもこんな偉大なドラマを担えない。

私くらいの年になると、世間はドラマだらけだ。一世紀に近い年月の現実を、それもただで見せてもらったのだから、誰にお礼を言っていいのかわからないくらいだ。それなのに、今の親世代は、誰の運命にも深く関わろうとしない。「説教したって、若い者は人の意見なんか聞きやしないですよ」と思っているだけでなく、一切の軽い関わりも持とうとしない。息子の友人の若者に「ちょっとご飯食べて行きなよ」とも言わず、「お前の了見は、違うんじゃないか」と苦いことも言わない。

関わらないから、どんな関係も生まれないのだ。つまりお互いは、そこにいなかったのも同然なのだ。いたとしてもテーブルか箪笥（たんす）並みの存在の重さ、いや軽さなのだ。もったいないなあ、と私は思う。人間は間違いなく、箪笥よりも重い存在だ。それを忘れてほしくない。

害毒とも共存する人間

ジャーナリズムの世界の人に「お宅ではコロナはどうですか」などと聞かれると、私は返答に困る。わが家ではコロナが流行しようとしなかろうと、生活はほとんど変わらない。私は家庭の平和のために帰宅時には一応手を洗うが、実は昔から丁寧に手を洗う習慣もないのである。家族の会話の中にも、社会の傾向として以外に、「コロナ」が出ることもない。

手洗いというものは、私にとってまことに現実性の伴いにくい行為なのである。もちろん私も同じ屋根の下で暮らす人たちのためにも清潔は心がけているが、私は時々途上国に行くので、そういう国で病気にならないためには逆に常日頃、少々の不潔に慣れておく必要がある、と心の中では思っている。しかしこういうことはあまり人には言わない。家族にも言わない。

現世の「事情」は必ず善悪混合で、「嘘つき」も困るが「嘘をつけない人」も始末に悪い。カトリック教会では、昔はミサの中で無言のうちに神に「わが罪」の許しを求める場があった。恐らく罪を犯さない人は現世に一人もいない、という前提のもとに、「おお、私の罪よ」と無言で嘆く場があったのだ。

しかし私は後年、ある座談会の場で、作家の一人が、「僕は生涯に、罪なんか犯したかなあ」と言う場面に遭った。罪といってもいろいろある。殺人、放火、窃盗などの明快な罪は、今までのところ私も犯したことがない。しかしサボリ、手抜き、わざと忘れてほうっておくこと、不誠実など、「微罪」は無数にある。

別に前科者同盟を結ぶわけではないが、人間、いささかは心やましい部分がないと人間になれない。果物でいうといたんだこの部分が、果実の味にあたる人間総体の魅力を促し、何より他者に寛大にもするのである。

この人生の芳香の部分を大切に思う人が、芸術などの仕事にかかわる。芳香などというものは、果物の出荷時の値段にはかかわらないと思う人は、役人になる。別の資質で果物を評価しているのだ。それはそれで立派な評価基準である。

無理に説明してみると、私も家族もコロナにかからない、と思っているわけではない。しかし必ずかかるわけでもない、と思っている。生きている限り、ウイルスは外部から入ってくるだろうが、それを私たち自身が体内で殺す力があるかないかだ。

だから昔、兵隊として満州などの「外地」に行く人たちは、「食前食中食後に水飲むな」と言われたという。食事と同時にお茶や水を飲めば、胃酸が薄まって、外部から入る菌を殺せなくなる。だからビールやお茶を飲みながら食事をするような習慣は一番いけないというのだ。体にいいとされるものを摂取するだけではない。人間は多分に、体にとって「敵」と思われているものも、摂取しなければ生きていけないのだ。しかしその場合には、その害毒を体内で薄める機能も人間には備えられている。その複雑さが、人間のすばらしいところなのだ。

褒められるほどのことではないのに

私たち人間の中には、常に矛盾した情熱が潜んでいる。自分を棚に上げて、他人の悪口を言うことも多いのだが、「人の振り」を見て、「自分もああなりたい」「自分もああいうことをしたい」と憧れることもある。

しかし思いがけないことに、他人に対する批判を口にする場は世間に多いのだが、褒める言葉を正確に聞かせてくれる場は意外に少ない。社会貢献支援財団がそのむずかしい任務を負って下さってから、今年で五十年目になるという。何事にせよ五十年続かせるには覚悟が要る。人間の仕事には、総じて覚悟が要るのだが、総理大臣を務めるなら大きな覚悟が必要で、小さなことならいい加減な覚悟でいいということはない。

社会貢献の仕事というのは多くの場合、目立たない。仕事の性格上泥をかぶっていることさえ多い。それを発見して、丁寧に泥を洗い、磨き上げて見せて下さると、私たちはその輝きと力強さに改めて驚くのである。実は、社会貢献をする人々の98パーセントまでは、自分の行為が褒められ、推奨されることに、抵抗感を覚えている。誰だってその立場にいたら、自分と同じことをしただろう、と思えるから、褒められるほどのことをしたのではない、と思っているのと、自分がしたような行為は、ひっそりと静かに行われてこそよかったのだ、という思いがあるからだ。これが貢献をする方の人々の思いだ。しかし同時に、社会はそうした人々の果たした仕事について聞きたがる。これは現世でめったにない心動かされる美しい話だからだ。その願いが全く聞き入れられなくてもいい、ということもない。

社会貢献という灯そのものがなければ、この財団の存在もなかったのだが、もしその灯が高く掲げられなかったら、私たちは人間であることに誇りを持ち、その可能性さえ信じられないだろう。

若者よ、心躍る人生を！

いつも、正直でありなさい

電車に乗って前の座席を眺めると、どこか異様な風景だった。一列七人がけの座席に座った全員がスマホをいじっているのである。もちろんその中には、一刻を争うような経済活動をしている人もいたのだろうけれど、とにかく私には不気味に感じられたのである。

私の若い時代、電車の中は本を読む場所であった。つまり一種の勉学の時間であった。本を読むということは、人間を創(つく)る基本的行為であって、それをしなければひとかどの人間になれなくて当然と思われていた。読書は、家柄、学歴などと一切関係なく、自分を向上させる機会である。昔は今ほど本を手にできる機会も多くはなかったが、それでも読書という行為は深く尊重されていたから、古本で買ったり、貸してくれる人に本を借りたりして知識を蓄えた。

しかし今の人たちは恐ろしく勉強しない。なくてもいいような噂話的な雑事を知ることに貴重な時間を使っている。プロとして通用するような知識はスマホでは得られない場合が多い。

偶然かもしれないが、ドイツでも日本でもそれぞれに、製品への信頼を、基本からゆるがすような事件が発覚した。日本人のフォルクスワーゲンに対する信仰は一挙に崩れたが、それは一つの会社に対する信用がなくなったということではなく、ドイツ国家といえども信用はできないという教訓になった。もっともすべての安全というものは簡単に「信用しない」という精神の姿勢から始まるのだが。

ほとんど時を同じくして、日本人が長年培ってきた国家的信用もゆらいだ。安全基準に合致しない建築資材が使われたり、基礎のくい打ちの基準を守らなかったり、収支決算をごまかしたりする会社まで現れた。彼らは、日本国家に対する背信行為をしたとも言える。

私は時々アフリカの田舎に行き、カトリックの神父がやっている小さな学校で、子供たちに話をしろなどと言われる。村には電気もなく、従ってラジオ・テレビもなく、学校に世界地図もないのだから、子供たちは日本がどこにあるかも知らない。

そこで私は三分か五分で終わるような話をする。日本は以前、決して豊かな国だったのではないこと。農産物はあっても、地下資源は乏しいこと。アメリカと戦争をして、徹底的に爆撃で焼かれたこと。しかしその中から、国民皆が一生懸命働いたので、今はテレビやオートバイを買えるようになった、というような話だ。その国では自動車より高利貸の男が乗る日本製のオートバイの方が、子供たちの憧れの的だ。そして英語に堪能ではない私は、最後に三つの標語で締めくくることにしていた。これが私があなたたちに贈る言葉です、ということだ。

「よく、勉強しなさい。

勤勉に、働きなさい。

いつも、正直でありなさい。

それだけで、あなたたちの国も必ず日本のようになれます」

この根本の三要素が、今三つとも失われつつある。日本人は深刻な危機を感じなければならない事態に立ち至っているのではないか。

子供たちに作文力を

　広島県府中町の中学三年生の男子生徒が、自分がやってもいない万引が記録に残っていたために志望高校への推薦を拒否され、それが理由で自殺した。

　一人の人間の名誉に関わることについて十分な調査もせず、記録の手順を正さなかった学校の手抜きの姿勢が悪いのはもちろんだが、ここには言語による意思伝達力に関して、実に貧しい実情が浮かび上がってくる。

　してもいない万引を疑われたのなら、生徒はまず親に伝え、学校に問いただし、記録を正さなければならない。

　今回学校からその件に関する質問をされた時、生徒は「そんなことはありません」と正面から否定しなかったようだ。万引が事実であったかのように思われたのは、「万引のことは家の人に言わないで。家の雰囲気が悪くなる」などと答えたものだから、教師も事実だと思ってしまったのだろう。

私は昔から万引をするような人間は、大学どころか、高校にも行かなくていい、と思ってきた。万引は「失敗」ではない。「確信犯」である。計画して盗みをするような人間には、高等教育など受ける資格はない。

家庭にもそういう正義を重んじる空気があれば、子供は万引などしないし、潔白なのに疑われた時には、顔色を変えて大騒ぎをするだろう。もちろん親にも訴え、学校にも言って、冤罪（えんざい）をその場で晴らす。

私は全くSNSをいじったこともないので知らなかったのだが、同じ頃、ブログ上で、「保育園落ちた日本死ね」という無記名の文書が出たという。「一億総活躍社会じゃねーのかよ」と現政権を批判したものである。もちろん保育園は全員が入れるだけあった方がいいに決まっている。しかしいつの時代にも、現実は理想通りにいかないことを自覚するのも成人の証だ。私の子育て時代には、児童全員を保育園に入れなければならないという発想もなかったし、幼稚園さえ経済上の都合その他で入れない家庭もあった。

自分に都合の悪いことがあると、「日本死ね」である。別に大人げなく反論する気もないが、日本を世界有数のいい国だと思っている私のような人間もいるのだから、この人の方が嫌いな日本を捨てて、今すぐもっと上等な他国に移住なさればいい。日本はかなり貧しい人でも99パーセントまで清潔な水道の供給を受け、電気をもらい、下水の恩恵を受け、生活保護と医療を受ける制度がある。私はこういう国だから日本が好きなのだ。

このブログ文章の薄汚さ、客観性のなさを見ていると、私は日本人の日本語力の衰えを感じる。言葉で表現することの不可能な世代を生んでしまったのは、教育の失敗だ。

表現力はもっとも平和的な武器である。外交でも論戦を闘わす方が、空爆で相手を吹っ飛ばすより穏やかだ。

子供たちに毎週作文を書かすと読むのが大変だからと、作文教育を怠ってきた面はないか。ＳＮＳに頼り、自分の思いの丈を長い文章で表す力をついに身につけなかった成人は、人間とは言えない。

多数に倣わない精神

八月の暑さの中では当然なのだが、二十一日午後、東京都あきる野市のテーマパーク「東京サマーランド」にはプール目当ての入園者一万四千人が集まっていた。一時二十分ごろ、若い女性客八人が水着の上からお尻などを切られたと通報があった。幸い軽傷だったが、他にも被害者はいるもようだという。

その光景が、テレビのニュースで伝えられたのはほんの数秒だけだったが、私は驚いた。報道写真というものは、伝えたい内容がもっとも色濃く出ている場面を使うのが常道だが、その混み方はただごとでなかったのだ。人間の頭と肩、帽子と浮輪がびっしり浮かんでいるだけで、水が見えないほどなのである。このプールは一時間おきに三分間だけ波が立つようになっているというから、誰しもこのしつこい暑さの中では、誘惑を感じて当然だ。私にはプールの大きさの実感がないので、「それくらいの人数は平気」なのか、「芋を洗う」状態以上だったのかははっきり言えないが、私だったらその人混みを見ただけで、「今日は帰ろう」と思っただろう。

もちろんどんなに混んでいようが、痴漢と言える行為は決定的に悪いに決まっている。人が楽しく遊んでいるときに、傷を負わせる行為などというのは、まともな神経ではない。しかしあらゆる事件の背後には、ほんの数パーセントだが、防げたかもしれない要素はある。それは軽々に人と同じことをしないという生活習慣だ。人と同じことをすることを自分に許せば、人に呑まれ、自分を失うことは、物理的にも分かりきっているのである。外は酷暑。どうしても涼を取りたかったら、わが家で水風呂を浴びる楽しみを発見することだ。アジアの田舎の子供たちはスコールが来ると裸になり、時には石鹼のかけらまで持って嬉々として豪雨の中を自分のうちの前の道や広場に出ていく。天からの贈りものである水はいくらでも使え、浴室は広大。もっとも落雷は心配だから、うっかりこういう習慣を子供に教えるのは考えものだが、個人的には涼しく暮らす方法は、どんな生活の中にもある。それが独創性というものであり、自由な個人の生き方の確立である。

おいしいと評判のラーメン屋に並んで食べるという行動を自分に許すのも貧しい感覚だ。ラーメンを食べるだけのためにはるばる出かける物好きは、うちの家族にも知人にもいるが、並んでまで食べるのは屈辱だと思い、人の少ない時刻を狙うか、同じくらいおいしい店を他に探す。

人がするからといって、写真を撮られる時にピースサインをしたり、ポケモンGOに溺（おぼ）れたりする癖も、子供の時に厳しく直させねばならない。それを放置すると、多数に倣（なら）う羊の群れの一匹になる癖がつく。それは二つとない個性的な人生を失わせることになるし、ひいては世間の大勢に従う弱い精神となって、社会の暴走に加わる。

どんなに流行の施設だろうと、混みすぎたプールには入らない程度の抵抗の精神は必要だ。

大学無償化は社会の恩恵

子供が成長するまでにかかるすべての教育費用を国が払うことに私はもちろん賛成だが、一抹の不安もある。

私の幼い頃、私たちの周囲には小学校へ行くのもむずかしい子供の話があちこちにあった。

私は、義務教育も受けなかった、と自分の口で語った男性を一人知っている。親が山の中で炭焼きをして暮らしていて、冬は雪が深く、小学校の分校もなかったから、現実問題として学校に通えなかったのだ。「だから自分は字が読めなかった」と言ったが、非常に賢い人だから、そう言われなかったら、彼が小学校もまともに出ていないことなど、誰にもわからない。もちろん現在の彼は立派な教養人である。

そういう貧しさの中で、自分自身を自ら教育した人の話は、いつも私を感動させる。

偉い人の少年時代は、なぜか貧しい人が多かったような思い込みさえある。だからといって、貧しさの故に教育を受けられない人がいていい、ということではない。しかし人間は、自分が本当にほしいものは、苦労して取ってくるものであり、しかもそれに対して応分の対価を払わねばならない、といういささかの思い込みが私の中になくもない。

私は女性がごく普通に大学教育を受けられる制度ができて四回目の卒業生である。それまでも女子の大学生はいないではなかったが、数万人に一人くらいの珍しい存在であったらしい。

そして——申しわけないことだが——私たちは高校を出てすぐ結婚する気もなく、何をする当てもないと、とりあえず大学にでも行こうかということになった時代の申し子なのである。

人間は何かをほしい時には、自分で努力して取りに行き、しかも応分の対価を払わねば効果がでないものだ、と私はいつも自分に言い聞かせてきたのだが、大学に行く時だけは、そう思い詰めもしなかった。私の同級生の中にも、大学へ行くことで人生の時間稼ぎをした人はかなりいたから、「モラトリアム世代」などという言葉もできたのだろう。

原則はあくまで、すべての若い世代を大学まで学ばせる国の体制を創ることだ。しかし一方学生の方は、一方的に与えられただけの機会に対しては、人はあまり感謝もせず、その機会を有効に使おうともしないものだ、という自戒を持つことも必要だろう。

世間には、というか、世界中には、大学など別に行きたくもなく、中学を出ただけで働き出したが、その生活を愛し、楽しくお金を儲け、いい結婚をして、家族仲良く満足して暮らしている人もたくさんいるのを、私は見てきた。大学を出ていないという意識が足かせになっていないのである。人間の幸福というものは、定型がないのだ。

大学を出るまで学費が無料になったら、それは社会から受けた恩恵と考え、最低限学問をすることを楽しみ、その幸せを社会に返す気持ちができるといいのだが、そう思える人がたくさん現れるかどうかが問題だ。

教育勅語　全否定でいいか

一九七五年に、日中国交正常化後、初めて結成された文化使節団の一員として中国へ送っていただいた。

それまで何人もの作家が中国で暮らしたが、中国側が生活費から車代まで出したという噂で、それが正確かどうか私は調べたこともないが、心の自由を保つためには、外国の（国家的）経済支援を受けてはいけない、と思っていたし、中国側も私のような思想の持ち主を招待しようとはしなかった。

北京で、私たち使節団は温かい迎えられ方をした。中国側の作家たちと会うような機会が作られたのも、同じ作家同士で語れば得ることがあるだろう、という常識的な配慮の結果だと思われる。

日本側の団長は吉川幸次郎（よしかわこうじろう）先生で、とにかく中国文学の大家なのだから、この方がおられれば大丈夫、と私は落第生のような気分で末席に座っていた。

しかし何か質問しなさい、と機会を振られて、私は当時中国を席巻していた「批林批孔（ひりんひこう）」運動の内容について、「孔子は部分的に批判をするのですか、それとも全文を否定するのですか」と尋ねた。

私は『論語』の中のどれが孔子の言葉か、それともお弟子のものか細かくわかってはいなかったのだが、その場は一応ごまかしたのである。

すると中国のペンクラブ会長という人が、「孔子は全作品を否定するのです」と満座の中で胸を張って答えた。

「これはダメだ」

と私は思った。どんな人間にも、どんな文章にも、一部は必ず輝く部分がある。しかし共産党の支配下にあった作家たちは身の安全のためか、思想まで弾圧下に置き、党の意思に抵抗する気配は見せていなかった。

しかし、よそのお国の作家を非難ばかりするのもおかしい。

昨今、毎日のように話題になっている森友学園の幼稚園で、教育勅語を園児に教えている様子がテレビに映っていたので、教育勅語は軍国教育だったから子供に教えるのは悪い、という人も出てきた。これは勅語の一部「一旦緩急アレハ義勇公ニ奉シ以テ天壌無窮ノ皇運ヲ扶翼スヘシ」（非常事態があれば義勇をもって公のために働き、天地とともに永遠に続く「皇運」を扶助するべきである）の部分を拡大して取り上げたもので、教育勅語全体を見ていない。私のような高齢者は全部を大体暗記しているが、若い世代は、これをいい機会として、短い全文を読むことをお勧めする。

勅語を危険視する人たちは、口語文に訳せば、「父母に孝行し、兄弟仲良くし、夫婦は仲むつまじく、友達とは互いに信じあい、他人に博愛の手を差し伸べ……」というような部分は故意にか欠落させている。

これらのことは、いつの時代でも皆が言いたかったことだろうが、日教組教育ではとうてい実現しなかったのである。

総体と細部は、それぞれ過不足なく見なければならない。軍国主義時代の行き過ぎは、訂正すべきだろうが、その結果、教育勅語の持つまっとうさまで、従来のように棄てられていいものではない。日本と中国は違う国なのだ。

死なないで逃げよ

こういう原稿ほど書きにくいものはないのだが、世の中には歯切れよく言い切れない問題というものが常にある。

最近でも、一つの職場や、時には学校などで、その職業や学問を続けられなくて、自殺に追いこまれる人がいる事件が、よく伝えられる。その多くは、多分当事者が几帳面で、物事をゆるがせにできない性格の人なのだろう、と思う。

世の中には、サボる、という形で、その人が直面している困難を、部分的に回避して、大して心に負担を覚えないでいられる性格の人もいるのである。これは一つの才能だと私は思っているのだが、あまり大きな声では世間に言えない。

他の職業を例に出すと無礼なので著述業の場合で言うと、遊び過ぎていい原稿が書けなくても、それらしい内容の文章を書いておけば、今回はそれで通る、ということはままある。内容に明らかな不適合がなければ、いささかの文章の乱れは、首を傾げるだけで今回限りは許される、というケースである。

　これも一つの避難方法だ。しかし妥協の産物でお茶をにごしていることが、長年にわたって許されるわけではない。

　短期間でこの不調が元に戻るようなら、大した問題ではない。しかし学校で言うなら、出席日数が足りないほどになったり、会社だったら、その人が今まで通りのポストにいると仕事の流れに穴が開くようになると、不調を放置するといった甘いことも言っていられまい。

　人間は誰もが、職業も技能もない赤ん坊として生まれたのであって、銀行の重鎮とか、優秀大学の卒業生として生まれてきたのではない。人間の生涯は転職自由だ。しかしまじめ人間ほど、その過程から挫折する自分を許せなくなって自殺する。

　現在の日本人は、普段はあまり気のつかない自由を持っている。どんな職業でも身分でも、やめられるということだ。死ぬほど辛い学校環境なら、さっさとやめればいい。自殺するほどこき使う会社なら、あっさり退職することだ。学校にも会社にも、やめる自由は残されている。やめて出直せばいいのだ。

それなのに、やめずに自殺する。家族も周囲も、従業員を酷使する組織のせいだ、と言う。

なぜ早くやめなかったのか。もちろん理由はさまざまあるだろう。そして学校も親も、しばしば「我慢しなさい。世の中では、皆耐えているんだから」というようなことを言って、ぎりぎりまで当人を、逃げられないようにする。そして性格のいい親孝行な子ほど、転身を自分勝手なこととして許さない。

しかし、これからの教育では、自分を追い詰めない責任は自分にあるのであって、「悪い組織」や「厳しい環境」にあるのではない、ということを、人生のどこかの地点ではっきりと教えるべきだろう。

もちろん過度な労働を強いる会社の体質は変えさせるべきである。しかし社員がどんどんやめる会社は自然に衰退する。

死なないで逃げてほしい。これも一応の力だ。

危険に学ぶ機会

今から半世紀以上前の青年たちは可能か不可能かは別として、「希望」か「野望」かを持っていた。末は「博士か大臣か」という通俗的な世間の期待は時代おくれとしても。

しかし今のほとんどの青年たちは、そうした遠い、何十年も先の目標を持っていない。冷静に現実に目ざめているからとも言えるし、目標とすべきターゲットが短距離にあるようになったからでもあろう。

目標が近ければ成功率も高くなるし、危険も少なくなる。失敗する確率はかなり減る。

今から七十年近く前、まだ無名の文学少女だった私が、初めて高名な評論家の臼井吉見氏にお会いした時、臼井氏は温かく皮肉な眼をしながら、「文学をするには俗に女と金と病気の三つの苦労をしなければならないと言われているんですけど、あなたはそのうち幾つをしてますかね」と言われた。

つまり男性の作家志望者なら、女にはふられ裏切られ、さんざん貧乏を体験し、病気も、決して稀ではない程度の結核などにかかって、ベッドから空を流れる雲を見ながら、将来というものにいささかの保証もない暗澹とした数年を過ごさなければならなかったものなのだ。しかしこうした一見無残な挫折と不屈の時期に人間は自己を建て直し、社会の風雨にさらされるすべを学んだとも言える。

もう、そんな時代は過ぎたと言われれば私はすぐさま同意するだろう。しかし近く人生を閉じる私の世代が生涯をふり返って往時を考えれば、近年の、すべてが予定され仕組まれ計算された人生の凡庸さにはない、自然で強引な運命に翻弄される、というおもしろさがあった。

野の草は、人や獣に踏まれれば、その場では折られたり倒れたりする。しかし危害の元になる存在が立ち去れば、多くの場合、必ず根本から栄養を吸って起き上がる。

踏まれるシナリオは決して望ましいものではないが、立ち直ることが生命力の存在の証であり、また希望でもあった。

自然を生き抜く野生の動物は、本能という形で、いつも起こり得る運命の変化に対処して構える能力を磨いている。しかし今は自分の行動の予定、その実行と齟齬(そご)に対して、スマホやパソコンも使って頼れるから、そのプログラムにない状況が出てきた場合、自分ではどうしていいかわからないらしい。

突然のできごとに対処できてこそ生きる資格のある動物なのだと思うが、今の子供たちは、予定にないこと、予定が狂うこと、予定に危険が含まれていることを避けたがる。

近年まで、私は毎年のようにアフリカに行っていたが、若い世代を誘っても「行きたくない」と断る人がかなりいた。不潔、不便、コミュニケーションの不備などが、いやなようだった。

私はアフリカから帰る度に、「アフリカは偉大な教師です」と言っていたが、アフリカを避ける彼らは、アフリカから学ぶ機会も失って、しかも少しも残念だとは思わないようであった。

イチロー選手　心躍る人生

二十一日から二十二日にかけての日本の新聞はイチロー選手の現役引退のニュースがトップだった。私はふだんスポーツ全般と遠い暮らしをしているのだが、イチローだけは知っていた。体格、身のこなしなどに無駄なものがなく、野球そのものの生きた証だった。プロを貫いたものは何かと問われ「野球のことを愛したこと」と答えている。

考えてみると、スポーツだけではない。誰でも、「そのこと」が好きなら、一生続けられるから、その道のプロになる。怖いのは好きな道がない人だ。

私自身、スポーツに無知なのだが、アフリカの貧しい土地へ行くようになって、改めてスポーツの任務を知った。

田舎の貧しい町や村には、少年たちがサッカーをして遊ぶような地面はあるが、そこはどんな建物にも適さない日陰の水たまりだったりする。誰も、村の少年たちの遊び場を整備しようなどとは思わないのである。

日本から私たちが、土地の学校や教会におみやげを持っていく時、一時は、掛け時計だったが、私の時代はサッカーボールにした。ボール一個で何人もがプレーできるからであった。

当時はベッカムがスターだった時代で、私の働いていた財団も名入りのサッカーボールを作っており、途上国で協力的に働いてくれていた学校や組織に立ち寄る時は、そのボールを感謝の印におくことにしていた。

義務教育さえ行かせてもらえず、貧民街に育つ少年たちにすれば、自分にも可能かもしれない夢がどこかにあるべきだし、それはスポーツで有名になる道だと思うのが現実的だったのである。

彼らはしばしば手製のボールを作って遊んでいた。木の皮や段ボールなどを芯に丸め、そこに拾った糸やヒモを巻いていってボールらしいものを作る。

正式のサイズにも全く合致しないらしいのだが、とにかくボールがないと練習できない。そんな子供たちを見ているうちに、私は算数や歴史を学びなさい、と言わなくなった。希望の光はあまり遠いと、役に立たなくなる。イチローが子供たちのヒーローになったのは、彼が政治家になろうとか、儲けたお金を投資に使おうとか考えずに、一生続けて野球をしたからだろう。

私もそろそろ一世紀近く生きてきて、改めて感じるのは、人は長い年月一つの目標を目指して生きれば、誰でも必ずその道の専門家になれるということだ。何十年も同じ仕事を続ければ、人は必ず熟練者になる。経験も、知己も増える。その分野について語る物語も多くなる。

それだけで魅力的な人物だ。

そういえば「心躍る人生」を語ってくれる老人が最近はいなくなったのだ。その人の話を聞いて、マッターホルンに登ろうとか、カリブ海を航海してみようとか思わせてくれる人にも会わなくなった。

週刊誌は、人が一生にもらえるお金の総額は特集で伝えるが、夢は取り上げない。それは雑誌の編集長に才能がないからなのか、編集者に夢がないからなのか、と言われると、私は編集者たちに責任を負わせたいような気がしてならない。

人を「信じる」前に人を「疑う」

孫がまだ小さい頃、――といっても六歳くらいにはなっていたが、中国で陵を訪れた。

古いお墓は、周囲を大きな馬蹄(ばてい)形の石塀で囲まれており、その塀の上は幅2、3メートルの人間が歩ける歩道になっている。つまり一方の端から歩き出せば、二、三分で塀の反対の端に出てくる道なのだ。

塀は大人の背丈よりずっと高いから、人間は途中からは抜け出せない。全く不可能ということはないにしても、私ていどの運動神経のない者は塀を乗り越えることはまずできない。

学齢前の孫は、この道を歩きたがった。それも一人で行くという。親はその反対側の口で待っていれば、子供は自然に二、三分で出てくるはずであった。

それにも拘わらず、私はいやがる孫についていった。実は自分自身が歩いてみたかったのだ。多分そのせいで、孫の私に対する印象は「過保護のうるさいバアさん」ということで悪くなったに違いないが、私はこの話を、シンガポールの中国人と結婚している女性の友達にした。すると彼女は真顔で「それは、あなたの方が正しいわよ」という。

「でも、その石塀の上の道は、他にはどこにも通じていないのよ。雨樋と同じ構造だから」と私の方が、今度は、反対派の弁護に回った。

「でも、消えることがあります」

数日前、日本でも、整備されたキャンプ場の中で、女の子が消えた。この原稿を書いている段階では、まだ見つかっていない。こう言っている間にも、無事に出てきてくれることを祈るばかりだが、子供の安全は状況がそうなっているからといっても安心できない。昔から「神かくし」と呼ぶほかはない失踪事件はあったのだ。

大人になればいいかというと、そうもいかない。別に「犯罪国家」と呼ばれるのでもない国にだって、安全とは言えない町はいくらでもあった。金目のものを持たず、地味な服装で、というが、一番の安全は、金持ちに見えない格好をして、なおかつ一人で歩かないこと。出歩くのは昼間にするなど、実に原始的な安全を守る基本的ルールがいくつかある。

そう言ったら、「人を信じないんですか」と私を責めた人がいた。私は知らない人は信じなくて当然だ、と思っているし、知らない人に「自分を信じてください」とも言わない。

「信じる」という結果は「疑った後で」初めて可能になるのだ。その手順を省いて初めから「信じる」というのは無責任すぎるし愚か者のすることだろう。

その意味で、子供に「皆いい人」と教えるのも恐ろしいことだ。人間性の中には天使の要素と悪魔の残酷さが混在していることは、少し大人になれば誰でもわかる。それを理解することが大人になることだ。

「人を信じること」の手前に、「人を疑う」という手順が要る。それがひいては尊敬に満ちた人間理解につながる方法なのだが、今でも多分教育現場で、そこまでの手順は教えていないのだろう。

教育の基本は実学

老年の私が、この期に及んでもまだわからないと感じていることはいくつもあるが、その一つが、実体験と書物による知識は同じに考えていいのか、という点である。それどころか全く異質なものだ、と私は考える時が多い。

最近の小学生が大人も及ばない物知りだという実感はもうはるか昔からあったけれど、教育の現場や機械が人間に教えてくれるものと、現実の生活から私たちが学ぶものとは、質にも量にも雲泥の差がある。読書はそのどちらに属するかというと、ちょうど中間あたりの感じだ。

道徳もまた同じ。昔の修身の教科書には、宗教書にも通じる立派な話がたくさん書いてあったけれど、人間、生き延びるためには、道徳など踏みにじらねばならない時もある。

その無頼の意味と扱い方を教える大人はあまりいなかった。この部分もまた、私の独学だった。

地球上の大地もそれを示している。日本のように国土の多くの部分が、水に恵まれた豊かな黒い土に覆われている国と、アラビアのように水源も限定的で、大地が砂に近いやせた土地である場合とは、基本条件が全く違う。

豊かな産油国では、若者が近場で通う大学には、心理学科も英文学科も哲学科もなく、すべて石油に関する専門知識ばかりを学ぶ科なのだと知ったのは、割と最近である。

アラブの某国にいた時、石油を掘り尽くした後「わが国はどうなると思いますか？」と真剣に私に尋ねた若者が一人だけいた。

産油国はお金持ちで羨ましいと思っているが、国の経済を支えるものが主として石油だけというのは「貧しい」話だ。人間は状況の変化に耐える備えがいる。幸運にも健康にもすべてに見放された場合にも自立できるように備えねばならない。向上を目指しながら、同時に不運や不幸や病気からも立ち直る態勢を用意しておかねばならないのだ。

私は若い時から、取材先としてパリやロンドンなどへ行く機会にほとんど恵まれず、いつも途上国を旅して歩く羽目になった。その時に役に立ったのは、不運に備える心身の姿勢を少し鍛えることだった。途中で所持品を盗まれ、無一文になったり、それでもまだ旅が終わっていない、という状況になったらどうしたらいいか教科書のない学問だ。

しかしそんなくだらない用意を怠らなかったから、私は今まで無事に生き延びているのかもしれない。

家庭的には、私は不仲な両親の許で育った。私は子供の時から、他人の心理を臆測し、嵐を避ける方法を覚えた。それもすばらしい教育だった。しかし子供の教育のために両親が不仲でいいということはない。家庭は穏やかで毎日心休まる平安の場であるべきだ。

こうした矛盾を考えていくと、教育を学校の手だけになど委ねてはいられない。教育の基本は読書であり、独学にあると言いたくなる。独学というより実学だ。

他人を責めるより自分を

最近のウイルスはなかなか賢くて、ちゃんと日本の地図上の区割りを理解するようだ。

この原稿を書いている十九日から私たちは「県をまたいで」出歩いてもいいことになった。それを今まで文字通りまともすぎるほどまともに解釈して、「川向こうへは行けません」と言っていた人が現実にいたので、私は驚いてしまったことがある。

私の家は東京の西のはずれ、つまり多摩川のすぐ傍（そば）である。橋一本渡れば神奈川県だが、それを渡ってはいけない、と思いこんでいた人が、昨日までいたことになる。

これは、相手の性格上の問題か、日本語解釈の能力の問題かわからないが、世間には現実にそういう人がいてけっこう家族や職場の人々を悩ませている。

文字というものは、確かに正確に解釈した方がいい。しかし人間の心のひだの折れ曲がり方の複雑さは、決してそんなに単純なものではない。

言わなかった部分、遠回しにふれた話、別人の話として伝えられた内容など、その伝達の方式はさまざまだ。こうした部分の重さは、学校でもあまり教えられない。わが家の場合は母親が解説してくれた。家に来た人が、母の居間の炬燵に入って、好き勝手なことを喋っていく。それを、宿題をするふりをしながら聞くことで、私は随分世間を学んだ。

親に隠して読んだような本も有効だった。子供の私に、わざわざ大人だけが知っていればいい話をしてくれる大人もいた。そのおかげで、私は「知るべきことをある程度知った」大人になれた。

子供の時には、確かに「知らなくてもいい悪い話」はある。しかし大人になるまで知らない方がいいと思った事実はない。

悪は悪で、人間の心を育てる役に立つ。そのままだったら、始末の悪い単純な大人になるところを、悪い現実が私を救ってくれて、少しは複雑な成人にしてくれたのだ。

昔は、そのために手助けをしてくれたのは、身の回りにいる悪い人や、本や事実だった。しかし今では、「悪いことが人間を育てることもある」などという言葉は聞いたこともない。

外国を旅行していると、つくづく人を信じないことが犯罪を防いでいるし、私という人間を育ててくれていると思うことがある。近寄ってくる人は一応、詐欺師か泥棒と思って、身構えている。しかし現実にはほとんどそういうことがないから、私は「ああ、悪いことを思った」と自分を責めることになる。

一般的に言って、他人を責めるより自分を責める方が、ずっと後々まで自分のためになる。他人を責める癖のある人は、不満のはけ口を単純に見つけられ、しかも自分は全く傷つかないから、人生の不満が身の足しにならない。そして何より自分の身辺が暗くなる。

私は少し長生きして、自分の人生を見直す余裕もできた。自分の人生が暗かったと思う人は、その人自身が他罰的な性格だったのか、家族の一人がそうだったのか、なのである。その部分の大切な教育は誰がするのか。

生涯をかけて磨く眼力

口先だけの「人道主義者」

マスコミの一部は、今でも日本は格差がひどい国だと言い、それをうのみにした女性たちも「日本は貧富の差がひどいからねえ」と言っている。日本がそんなに格差のひどい国だと思う人は、すぐに「いい国」へ移住してほしい。それを止めるものは何もないからだ。日本は自由な国なのである。

今の日本は世界一、格差の少ない、食べられない人のいない国である。たいていの国には乞食がいて犬を暖房代わりに飼っている。飼うといっても、犬は自分で餌を拾って食べるのだ。

貧困な人の定義ははっきりしていて、今日一日食べるものがない人のことをいうのだが、日本はもしそういう人の存在がわかったら、行政が即刻その苦境を救う豊かな国だ。

しかし最近の日本人は、ひどい精神状態だ、と久しぶりに帰国した人は言う。魂の自立と自律を失っている。夜の電車に乗れば、服装も眼鏡も上等なものを身につけた男が泥酔して眠りこけ、女性の酔っぱらいはミニスカートがずり上がり足の付け根まで丸見えなので、「風呂敷でもかけてあげたい」そうだ。

何よりも、人の精神をいじけたものにしているのは、立派な学歴を持った人でも「自分を持っている」とは言えないことらしい。彼らは他人と世間の評判を最大の目標にして生き、ことに人権や平等を守るヒューマニストだという評判がほしい。だからSNSの世界と一日中付き合うことに、全神経をかけている。生まれてから一度もその世界とふれたことのない私の暮らし方がいいとは決して言わないが、私でも十分健やかで豊かな人の心と、必要以上の質と量の知識にふれて来られた。

個人情報の秘密を守る、女性に対するいやがらせは許さない、いじめをなくす制度を作る、などは当然のことだが、マスコミ自身が個人情報を暴くことをもって仕事とし、セクハラはいけないという女性が、ちょっとした人間的言動もすぐさま告発の対象にするという非常識を犯す。自撮りのヌードをＳＮＳに載せた小学生もいた。いじめはその行為をする人間の魅力をそぐ行為だが、どんなに制度を作っても、人の世からいじめはなくならない。教育はそれにうまく対抗できる力を、個人に与えるためにあるのだ。

アメリカではトランプ氏が、「イスラム教徒の入国禁止」を口にしたことに、各国首脳までが批判の声をあげている。「わかりきったことに手を挙げて点数稼ぎなどするな」という感じだ。私たちはすべての人から、もちろんイスラム教徒からも、知恵を習った。一方、トランプ氏といえども思ったことを言う自由はある。それに反対ならトランプ氏を選挙で大統領にしないよう働く手が残っている。世界中が民主主義の原則を忘れて、人道主義者の評判ばかりほしがる病気に感染している。

人道主義というものは、そのために、長時間の労働か、多額の私財か、時には命までも差し出す覚悟を持つことだという。それなしに口先だけで人道主義を唱える薄汚さは、すぐにばれるものだ。

真の貧困は目に見える

この頃、日本人の多くは貧困だ、経済格差がひどい、という論文を、あちこちでよく読む。

私は外国で暮らしたこともないのだが、どこの国民でも、こんなに自国が貧しいと言うのが好きなのだろうか。今年二月十日の毎日新聞に社会活動家の湯浅誠（ゆあさまこと）さんという方が、「貧困の特徴は『見えない』ことにある。本当は『ある』のに、見えないことから『ない』こととされやすく、実際そうされてきた」と書いている。

確かに貧困は誰もが隠したがる面を持つだろう。しかし貧困は必ず明らかに目に見えるものだ。まず乞食をする子供が町中をうろつく。日本の産経以外の全国紙は、「『乞食』は差別語ですから使わないでください」と震え上がって筆者に注意するだけで、イタリア人のように、乞食もまた彼らなりに家族を食べさせるため、金や食べ物を得る努力をしている健気な労働者だ、というふうには解釈しない。

多くの土地で、乞食の子たちは独特のサインをもっている。もらったものを口に入れるしぐさである。だから物ごいではなく、文字通りの食べ物がほしい「乞食」の合図なのだから、新聞社の言いなりにはなれない。

貧しい子供たちは食べていないから、痩せている。痩せには二種類があるのを、慣れてくるとすぐわかるようになる。カロリーそのものが足りない場合、骨の浮きでたアウシュビッツの囚人型になる。これを医学的に「マラスムス」と言い、本当の欠食児童である。それに対して外見は太って見えるが、それは一種の浮腫の結果である「クワシオルコル」と呼ばれるタンパク質不足型の痩せ方もある。

彼らは家でも食事をもらえないことが多い。親がアル中だったり働き口がなかったりして子供の面倒を見ない。外国のNGOなどが、せめて一日一食だけでもと、学校給食を出そうとしている。

都市部なら援助でTシャツはたくさん持っている。ブラジルの貧しい家でも、何十枚もあった。しかしそれを洗わず畳まず繕わず、着替えたい気分になったときには、土間のあちこちに牛の糞（ふん）のように丸めて脱ぎ捨ててあるのを、拾って着ていた。

履物も、子供たちの貧困を示す一つの指標である。昔の日本にも、裸足（はだし）は一種の貧乏の証拠と思われていた時代があった。

今は裸足の子など全くいない。しかし現代でも、ビニール草履さえ履けない子供は、アフリカなどではよく見かける。

彼らは、屋根が破れて寝床の上に滝のように雨の降りかかる小屋に住み、病気になっても医者にかかれない。

医療施設がめったになく、無料の救急車など聞いたこともなく、当然のことながら国民健康保険も生活保護もなく、親たちには仕事がないから現金もなく、病気になったら死ぬと覚悟している。公共のバス路線もないと、自分の住む村か町以外に病院があっても、たどりつけないのである。

大学進学を諦めることが目に見えない貧困の一つの表れだ、などと言われると、彼らは理解しがたいだろう。私の接した世界では、貧困はすぐ目の前で見えた。

米大統領選という生きた教材

　この原稿を書いているのは、アメリカ大統領就任式まで四十時間を切ったという段階である。

　一日本人としての私には、アメリカと民主主義の現実を学ぶおもしろい機会だし、作家としては、ハリウッドも真っ青だろうと思われる個性と社会との闘いの展開に目を奪われている。

　民主主義の歴史の長いアメリカにしてもこの程度なのだから、主義というものは、「ほとんど決して」人間の血肉とはならないのだろう、という気がする。

　一人の反トランプのアメリカの女性は、「大統領は国民の希望を叶えるべきよ」という意味のことをテレビの画面で言っていたが、この場面だけでも、51パーセントの人が選んだ体制の陰では、49パーセントの人が泣くのが民主主義の基本なのだ、ということさえ学んでいない庶民がまだアメリカにはたくさんいる、ということがわかる。だから国民が選んだ大統領の就任を認めないとするルール無視の議員も出るのである。

今度初めて知ったことなのだが、トランプ新大統領は、世界の百五十五カ所以上に事業を持っていて、利益を得ている。それが大統領という立場を利用した個人の利得に繋がるのを禁止する条項に当たるかどうかが問題だ、というニュースもあった。こういう規定で狭めていくと、そもそも大統領になれる職業が、最初から限定されることにもなるだろう。

トランプ氏は、記者会見の席で、特定のテレビの記者に質問を許さなかった。正しい報道をしなかった社の記者だという。それは報道の自由に反するとして、マスコミは怒っている。

トランプ氏側は、相手のメディアが、どの点で真実を伝えなかったか客観的に証明する必要はあるが、記者を選ぶ自由はあると私も考えている。

私もかつて書いた証拠もないことで弾劾され、なったこともない肩書を報道されたことがあったが、発端は朝日新聞であり、確認もせずに記事を流したのはロイターであり、広めたのはツイッター族だった。

私はもともと世界規模のマスコミに触れる必要などないから被害はほとんどないが、それでも正しいことを書かないとわかったマスコミは今後それとなく避ける。それが言論の自由を守る表現者の義務と思える。

大統領の立場はそれを許されない、という人もいるが、私は選択の余裕と義務は残されていると考えている。

自分は人道主義者であることを簡単に示せるということで、恐らく今年は、ポリティカル・コレクトネス（ＰＣ）を基本にした、「表現で差別をしない態度」をますます広範に安直に利用するだろう。ＰＣを相手を脅す力にし、その結果は自由な思考や表現を縛る風潮につながるだろう。

しかしＰＣの染まり方の濃淡次第で、相手の性格を推測することもできる便利な点も発生した。

もちろん人を理解するということは、そんな表面的なことだけではない。作家という仕事も、生涯をかけてその眼力を磨く力を求めてきたのだが、アメリカ大統領選はすべて生きた教材だった。

人を見る目も「防衛力」

稲田朋美（いなだともみ）防衛大臣が辞められて、私は少しほっとしている。大した理由ではない。外見だけでも、あの方は防衛大臣に適さない。

先般、アメリカから、マティス国防長官が来られて、稲田防衛大臣と並んで記念撮影をされたが、その写真だけでも私は不安定な気分になった。通俗的な言葉でいえば、小学生と大人が不自然に並んでいるような印象だったのである。

稲田前大臣は肌のきれいな典型的な日本の中年美女である。しかも弁護士さんだというから、冷静で頭のいい方だろう。

私は決して軽々に人を外見で判断するたちではない。小説は、人を見かけで判断すると、とんでもないおかしな間違いをしでかす、という話ばかり書く世界なのだ。

しかし、日本の防衛大臣とアメリカの国防長官のお二人は、あまりにも違いすぎていた上、その後の報道でも、防衛大臣の隠れた人間的パワーや、人並みはずれた疑い深さや深慮を示すエピソードも伝わってこず、どうしてこういう人物が「戦略」も「圧(お)し」も要る防衛大臣に就任したのか不思議でならない。つまり安(あ)倍(べ)晋三(しんぞう)首相という方は、人を見る目がないか、それとも個人的判断力を持つ閣僚はご自分の政策を妨げる不便な人だと感じるのか、不思議に思っていた。

ことに私が首を傾げたのは南スーダン派遣時の自衛隊の日報が廃棄された、と稲田大臣が言われたことで、これなど軍という組織を考えれば、完全に廃棄することは考えられない。

自衛隊内で何という言葉を使っているかわからないが、「日報」「報告書」「戦闘詳報」といった類のものが、自衛隊に存在しないわけはなく、またそれらは、軽々しく廃棄するものではないことは、外部の者が推測してもわかる。

それらがなかったら、自衛隊の国内外の存在意義も実績も証明できない。もちろんそれらの報告書が、事実に即して正しいものであるかどうかは別問題だが、大小にかかわらず組織というものには必ず活動の記録を残す習慣があり、その記録は軽々に廃棄しないのが正しい運営の仕方だ。

軍というものは戦略上、公開できない部分があるのが当然で、その事実をわきまえない相手には、嘘とは分かっていても、それらしい口実を用意しなくてはなるまい。

戦後の日教組的単純な、「皆いい子」式の教育が、視野の狭い人間を作ったのだ、と私は思っているのだが、学校秀才に違いない稲田大臣の人間的魅力のなさを見ていると、これは教育の問題か、安倍首相という方に人を見る目がなくて、しばしば人事において間違っておられることに由来するのか、政治から遠い地点にいる私には見当もつかない。

人間的魅力も人を見る目も、防衛力の一因のはずだ。

突然の休刊

九月下旬のある日、私が新潮社の月刊誌「新潮45」に連載中の原稿を書きかけていた時、わが家の秘書は編集部から突然、雑誌自体が休刊されるという通告を受けた。

書き手のその時の状況によって、受け取り方はさまざまだろうが、私はほんのちょっとほっとした。その日は風邪をひいていたらしく、微熱があって、原稿を書きたくなかったからである。それに私のように、六十年以上「書く」生活をしていると、この世界のあらゆる出来事にぶつかっている。雑誌の休刊はもちろん、出版社の倒産も、担当編集者が原稿をなくした、というケースもあった。どれもちょっとした不都合だが、「大事件」ではない。プロの作家というものは、なくされた原稿を、「はいはい」と言いながら、再び書くことのできる人間であるべきこともわかった。

私は「新潮45」の誕生の時から立ち会っている。詳しい日時の記憶はないが、当時のマスコミは、左翼的なポーズを取らねば進歩的でないと思ったらしく（もちろん戦後であるにもかかわらず）、私は産経を除く多くの全国紙に、なかなか原稿を書かせてもらえなかった。私にとっては、明らかに言論統制の時代だった。その時「新潮45」はそうした「恐怖に満ちた言論の自主規制」を破る役目を果たそうとしていた。

雑誌が経済的な理由で廃刊になる例も、いくつか見てきた。私はいたましく思いながら、いつかまた、慈雨が降り、日差しが降り注ぐ日のあることを信じてきた。編集者たちは、その芽吹きの時のための種子であった。

雑誌の編集は、もちろん難しいものだが、その根幹の精神は単純ではっきりしている。（すべての）「雑」なる意見を載せる場なのである。反対意見も掲載するのが当然だろうし、世間だか読者だかは、そのなりゆきを妨げてはならない。このルールは守られず、出版社も闘う勇気を持たなかった。

「新潮45」は静かで根強い抵抗を見せて歩み出したのに、もしある世論の前に屈したとすれば残念なことである。世間はあまり言わないことだが、表現にかかわる人々には日々勇気が要る。時にはそれが現実の身の危険にも及びかねないのだが、それがその出版社や個人の気構えとして評価されるものだろう。彼らは防弾チョッキも身につけず、ペン以外の対抗的な手段は何も持っていないが故に平和的な戦士・英雄であったのだ。

私は自分の生まれた世代に失望したくない。人はその生涯に何度も負け戦を体験するものだ。平和的解決というものが、妥協と同じだと判断される時代は薄っぺらで悲しい。負けたように見える現実を受け止めた英雄という存在は数多くあるものだ。

私はもう少し生きれば一世紀という日々を体験することになるが、その中で数多くの友人をＬＧＢＴかどうかで区別することは一度もなかった。それはその人に数多くある特徴の一つで、少なくとも「友人」という立場の人間がかかわることではなかったからである。

日本で売るなら日本流で

日本で会社社長など務めたこともない私のような者が口を出すことではないけれど、日本には一億人以上もの人間がいて、高等教育を受けている人たちもたくさんいるのに、なぜ、カルロス・ゴーン氏のような人物を日産は外部から迎え入れねばならなかったのかわからない。

推測はできる。日本人のトップだと内情がわかり過ぎていて、思い切った大改革ができないということもあるだろうし、車を売るには、ヨーロッパやアメリカの組織と独特な関係を持たねばならないのかもしれない。制度というものは前例を踏襲している限りあまり悪くは言われないが、収益を伸ばす結果を出すのはむずかしいだろう。

組織の改革や再編成には、冷酷さが要る。もちろん人間的な理解のない組織では、事業も伸びないだろうが、能力のない人間は切り捨てないと仕事は捗らないのだから、冷酷さも要るのである。そこで外国人だから人事の切り捨ても組織そのものの組み替えも仕方がない、という言い訳を作ったようにみえる。

私には別に外国人排除の趣味があるわけではないが、日本で日本製品を売るには、製品が何であれ、徹底して日本を隅々まで知らなければならないと思っている。

今回、勾留後のゴーン氏の扱い方を通じてそれとなくわかったのは、日本の司法も、ルールを外国人が理解することをほとんど期待していないらしい、ということだ。というか、理解されるように備えていないということだ。日本には日本流があっていい、と私も思うのだが、そういう場合にもルールは事前に明記されていていいだろう。

法的な厳密さの他に、日本の企業には、日本独特の、人情を理解する必要もある。

大分前、アメリカの自動車をどうしてもっと日本で売らないのだ、ということが社会的な論議の種になったことがあった。その時は私まで、アメリカの自動車産業に関わる人たちは、もっと日本の町を自分で歩くべきだ、と思った。

東京ばかり見ていては、地方都市の実情はわからない。幅3メートルあるかないかの地方都市の住宅地の道では、車はまず小型でないと自分の家の車庫の前まで入れないので困る。この実感がアメリカの自動車メーカーにないのだろう、と思った。

東京の郊外には電車や地下鉄が延びているが、地方都市にはそういう組織がない上、終電の時間も早いから、自家用車の需要もふえるはずである。ただし、その場合は、車が小さくて、自分の家の前の道まで入れる便利さがあることが条件だ。

外来種、外国産を高く評価する軽薄さは私にもある。私の場合、庭の小さな畑で作る農作物に、時々外来種を入れたくなる。レタスなど今まで作っていなかった種類の種を売っていると、それを作ればサラダがおいしくなりそうな気がするのだ。

しかし本来、日本で売れるものは、日本の特性を知り尽くしている商品のはずだ。それを忘れた製品は、本質を備えていないので使い物にならないのである。

貧困と無知が生む泥棒

私は両親や夫と共に外国暮らしをしたことがないので、日本の教育がどの程度完成したものかを比べる方法も機会もない。日本人は国民全体が勤勉で個々の生活の基盤が成り立っているせいか、道徳的でもある。

親が子供に乞食や万引をさせて生きている家庭を見られる国もあるが、日本ではそういう家庭が現実に存在するとは聞いたこともないし、私はまだこの眼で略奪という光景を見たこともなくて済んでいる。

貧しい人たちが倉庫やスーパーなどの窓やドアを破り、怒濤（どとう）の如（ごと）く押し入って中にあるものを手当たり次第に取っていく光景は、ニュースとドラマでしか見たことがないが、もし自分がその場にいたら、と思うことはよくある。

日本の道徳教育は、その人を取り巻く社会全体が落ちついている中で行われるという想定である。自然災害や戦争などの異常事態が起きると、道徳の基準もほとんど数日の間に変質してしまう。

まだ日本社会が今ほど豊かでない時代に、私の海の家に泥棒が入った。現金、宝石はもちろん、美術品のようなものさえ一切ない家である。その代わり台所用品から衣類まで、そこには東京の家では使わなくなった古い物が置いてあった。他に辺鄙な場所だったので、当時は少し珍しかった小さな冷凍庫だけは新品があった。泥棒はもちろんその冷凍庫も持っていった。

泥棒が捕まり、すべてのものが押収されてから、私はそれを東京の四谷の近くの警察署に受け取りに行った。おかげで私は少し恥ずかしい目に遭った。泥棒が持ち出したもののすべて（歪んだザルから、かなり古びたトイレのスリッパまで）が警察の会議などに使われているような部屋に雑然と置かれていて、私はそれら一つ一つをわが家のものかどうか確認させられたのだ。私は一家の主婦だったから、すべての雑物に記憶があり「はい、うちのものに間違いありません」

と言わねばならなかった。

その人がそんな古物を盗んだ理由はすぐわかった。彼は刑務所を出たばかりだったが、お金がないままに生活を始めねばならなかったのだ。警察の人は人情的で「冷凍庫の中にステーキ肉があったって？」と私に聞いた。「持ち出した後で、浜辺で、その肉を焼いて食べたら、実においしくて、こんなおいしい肉がこの世にあったかと思ったんだそうだよ」ともつけ加えた。

それほどの喜びを人に与えたのだろうかと思うと、私は不思議な気になった。確かにあの肉は少し上等だった。しかしとにかく私はそれまで、それほどに人に喜ぶことをしてあげたことがないような気がしたのだ。

今は古物など、どこでもほとんど売れない。欲しがる人があまりいないのだ。だから盗んでも売るのに手がかかって意味がないのだ、という人もいる。

泥棒という行為は、金銭的にも社会的にも、末永くこれほど「合わない」行為はない、と言えることなのに、それを教える人はいないのだろうか。

暇は価値を生んだ

小学校低学年の頃、私は明らかに学校嫌いだった。幸運なことに？　私はお腹は丈夫だったが呼吸器は弱かった。冬にはよく風邪をひいた。今日は学校を休めるということは、私にとって幸いな日だった。

その上、そういう日には母が本を一冊買ってくれた。「風邪をひいたご褒美」と母ははっきり言ったが、私は学問的な性格ではなかった。

江戸川乱歩や大下宇陀児の推理小説を一冊買ってもらうと、私はニコニコして再び蒲団にもぐり込んだ。

私は明らかに学校に行くのが嫌いで、家にいるのが好きな子だった。しかし今の人たちは大人も子供もそうではないらしい。彼らは明らかに外に行けない状態が発生することを恐れて問題にしている。

彼らはコロナを恐れているというより、家から外に出ないことを恐れている。外へ出られないと米や醬油（しょうゆ）がなくなるわけではない。都会では、１００メートルも歩けばインスタント食品や缶詰を売っている店も自動販売機もある。二日や三日自宅に籠城するくらいの食べものは、今の時代誰でも手に入れられる。それなのに外出ができないことを恐れるのである。

家に落ち着ける自分の部屋がないからだ、という説明をする人もいる。確かにそういう場合もあるだろう。しかし昔の学生は三畳一間が自分の部屋だという人も珍しくなかった。万年床に入って本を読む分には、十畳だろうと三畳だろうと大した違いはない。

しかし問題は、三畳では一日家にいるのがむずかしいと感じる事が、世間に認められそうになってきていることだ。

今は休みは外出するもの、と人々は決めているようだ。しかし昔、休みに人々は家にいた。怠け者は一日中、ごろごろ寝そべって本を読んでいた。体は休まるし、頭に知識は増える。おまけに外に出ることで、余計な小遣いをつかわなくて済む。

むしろ現代の生活で問題になるのは、寝そべる時間や本を読む暇がないことなのだ。しかし外界や他者と「密な」時間や距離で生きる危険性は、ほとんど誰も気にしない。

時間は、いつも変化に富み、他人にもその使い方を説明できるようなものでなければならない、と今の人々は考えている。昔、学生の生活では、することが全くない時間がいっぱいあった。本当は学問をするための時間であったのだが、学問はしたくなかったのである。

しかし遊ぶには、小遣いが足りなかった。だから若者は、止むなく家で寝そべって古本を読んだり、妄想に近いことを考えたりして時間つぶしをしていたのだ。しかしこの妄想が、時には未来に創造的な世界を生み出す力を持つことがあった。明らかな暇は、決して不毛なものではない。それはあらゆる世界を創造し得る豊饒な大地だったのである。

暇は、暇だから価値を生めたのだ。それを簡単に説明可能な使い方で、軽々に埋めてはならない。遊園地やデパートの人ごみの写真を見ると、その不思議な力関係を思い出す。

陸上自衛隊福知山駐屯地創立55周年

——人間としてするべきことを

今日は陸上自衛隊福知山駐屯地が満五十五歳のお誕生日を迎えられましたことを、心からお祝い申し上げます。

五十五歳と言えば、人間でもすばらしい年です。充分な体験を積みながら、しかしまだ心身共に壮年の思慮深い輝きを残しておられるのですから。

しかし人間の五十五歳には、どんな人でもそれなりの苦労と喜びがあったように、福知山駐屯地の歴史にも重い歴史が積み重ねられてきました。日本全体の空気にも長い間自衛隊を白眼視する気風が色濃く残っていました。ここ数年のように、人々が自衛隊に温かい視線を送ったことは、むしろなかったと言っていいかもしれません。

しかし私は小説家という仕事の体験から、人は人生において幸福に、順調に、期待され、愛された記憶もまた大切ですが、希望を打ち砕かれ、挫折し、白眼視される体験もまたその人を創るという現実を見てきました。つまりその気になれば、人はあらゆることを人生の糧とすることができ、さらにその上にその運命に感謝までできるようになるということです。

戦後の教育は、長い間、「要求することが市民の権利だ」と教え続けました。しかしその間にも聖書の『使徒言行録』という章は、「受けるより与える方が幸いである」という一節を保ち続け、時流をみてその文言を変えるなどということはありませんでした。

かつて私は、インドのベナレスというガンジスに面したヒンドゥ教の聖地を訪れたことがあります。人々はベナレスに来て、ガンジスの聖なる川で沐浴し、黙想し、中にはそこで最期を迎えるために、つまり死ににやって来る人もいるのです。河岸は穢れを洗い流すために沐浴する人々で溢れ、一部の岸辺には二十四時間、死者たちを火葬するための焰が燃え続けています。火葬された人々の灰は、ガンジスに流され、地球の懐に抱かれるために帰って行きます。

私はそこで、一泊百円ほどの安宿に泊まって漫然と暮らす何人かの日本人の若者たちに会いました。彼らの多くは自分で働いてお金を貯めてインドにやって来て、中には三年も四年もそうして川を見つめて生きている人もいるのです。生生流転の人生の様相を目の当たりに見つめる日本人の若者たちは、或る意味では真剣な人たちでした。

そのベナレス訪問の時、私は一人のインド人のカトリックの神父と一緒でした。私は岸辺を歩きながら、その神父に、そのような日本人の若者をどう思うかと尋ねたのです。すると神父は思いがけなく「私には彼らが幸せとは思えない」と言ったのです。

私は反論しました。彼らは自立して、そして恐らくは真剣に人生を考えており、もっとも自分のしたいと思うことをしている。つまり彼らこそ最高の自由人ではないでしょうか、と言ったのです。

すると神父は答えました。

「自由とはしたいことをすることではない。人間としてするべきことをするのが自由です」

それが私のベナレスで受けた新鮮な発見と驚きでした。

私は今日のお祝いに、若い方々に二つの思想の鍵をお贈りしたかったのです。

第一の鍵は、過去の日本がもてはやした利己的な人権の思想に逆らうものです。「受けるより与える方が幸いである」という聖書を、実は私は心密かに、そして自分流に少し卑怯な形に書き換えていました。「多く受けて多く与えるのが幸いである」と考える時、私は少しも無理なく豊かな人生を実感し、感謝することができました。

第二の鍵は、「義務を果たすことが自由である」というベナレスの発見です。その二つは、心身共に元気な若者・壮年・そして老年にしかなし遂げられない生き方です。

今、多くの日本人は、自分は少しも傷つかず言葉だけで平和を希求し、それでは誰が実際に日本の国土と日本人を守るかということを考えません。与えることなく受けることのみを求め、義務は果たさずに自由を享受しようという幼さをどうにか残したまま生きてこられたのも、日本が戦後六十年間も続いた平和の幸運の中にいられたからでした。そのひずみを一身に背負って来られた自衛隊の方々に対して深くお礼を申しあげます。

しかしどうぞ自衛隊員としてだけではなく、今後のご生活を一人の人間として重厚でふくよかなものにしてください。改めて、今日の意義深い日をお祝い申しあげます。

二〇〇五年十一月二十日

神の任命書

「隣人を愛する」難しさ

幼稚園の時からカトリックの学校で育ったので、宗教も哲学もわからない年から、人は愛さねばならないと教わった。

信仰のお手本を示す昔からの逸話集の中には、目の前にいる「乞食」に優しくした人や、みずから皮膚病の患者の手当てをした女王さまの話もあったと記憶する。しかし目の前にいない人を愛するというのは、果たしてできることだろうか、と私は疑問だった。

すると修道女の先生が「身近な人から愛すればいいのです。皆が身近な人を愛していけば、それが池の波紋のように広がっていって、ついには遠くにいる人にも愛が伝わるのです」と言われた。

私はそれを聞いて、かなり道理の通った話だという気がした。

その後何十年も経(た)って、海外援助の仕事に携わるようになった時も、私は遠い人を助けるよりも、自分のすぐ近くの人に優しくする方がほんとうは筋なのに、と思い続けていた。

奇妙なことに、自分の近くの人を助けることの方が難しい場合が多い。当人を知っていると、あの人は図々(ずうずう)しい性格で以前にもお金を借りた、とか、あの人は運が悪いのではなくて根性が怠け者なのだ、とか、現実が見え透くからだろう。その点、遠い国の見たこともない貧しい人の方が、心理的に助けやすいのである。しかし近い人から助けるという原則は、今でも生きているように思う。第一、相手の困窮の実情がわかりやすい。援助の効果も見確かめられる。

多分、人間は常に自分の心の手が届く範囲の仕事をしていけばいいという原則もあるかもしれない。

遠くに存在するものはよく見えないから、偉大なものばかりのように見え、効果も大きいような気がするが、近くに見えるものは確実なのである。

個人が今ここにいるという運命には、一つの深い意味がある。誰もが自分に近い所に起こる問題から片づけていけば、遠くの大問題に手を出さなくても、いつかは解決するようになっている。

だからほんとうは私たちは、隣に住む人や、親戚から助けていけば、遠くの難民の援助をしなかったといって悩む必要はないのだろうと思う。

「いい人」だから助けるのではない。悪い人でも同じように助ける義務がある。愛は好きだという自然な感情が湧き起こることではなく、人として、私たちが相手に対して持たねばならない感情を、義務として持つことなのである。必ずしも、感情としての愛がなくてもいい。

義務として、愛しているのと同じ行為が取れればいいのだ。それは感情として嘘をついているのではなく、その時初めて人間は、この複雑な心理と社会構造を超える魂や哲学を持った存在になるからだ。

日常生活の中では、私たちは自分の魂のありようも少しごまかして体裁のいい人間のように見せかけることもできる。しかし草津白根山で噴石に遭うような危機に際しては、他人を助けるか自分を助けるかという行為において、人は自分の心を隠すことはできない。だから、常に生涯を見通した哲学が必要なのだ。

子供に必要な「嘘」の教育

何十年も前に、聖書を少しまじめに読んだ時、新たな発見が幾つもあった。

その一つは、「あなたの敵を愛しなさい」という命令である。確かに敵を愛せば、戦いは回避できるのだが、だからといって、敵をにわかに好きになれるものではない。

しかしよく読むと聖書は、敵だった相手を、心から好きになれ、と命じているのではない。たとえ心の中では、今までと同じような憎悪が残っていようと、行動においては、相手が好きである場合と同じようにせよ、ということだ。それを聞いて、私は心が楽になった。つまり心理の実態と表現は、乖離（かいり）していることを許されるというのである。

それまで私は、日本の家庭、学校などの教育に残っている、子供は正直であれ、という教えにしじゅう悩まされていた。私の育った家庭は、父と母が不仲だったので、私は家に帰っても休まる時がなかった。今日、家に帰って、父のご機嫌が悪くなければいいけれど、と私はそれだけを考えていた。

外見的に、父は明るく人づきあいのいい「紳士」だった。いわゆる外面がよくて内面の悪い人だったのだろう。しかし父は大酒も飲まず、お金に汚くもなく、外に女も作らなかった。

「火宅」という言葉は何をさすのか、私は字引をひいても今もってよくわからない。しかし実感の上では、私の育った家庭は火宅で、私はただ母を風よけと感じて生きていた。

しかし、愛というものは心のセンチメントではない。むしろ心の中はどうあろうと、行動と表現だけは相手を許し、相手のためを思い、優しく穏やかに振る舞えればいいのだ、と知った時、私は急に心が楽になった。心と行動が分離していてもいいのだとわかったからである。

つまり人間は、心の中には嫌悪や憎しみを持ち続けながら、表情や行動には出さず、人工的な微笑や穏やかさを保っていれば、（最低のところで）許される、と知ったのである。これはまさに輝くような嘘であった。

嘘をつかない子がいい、などという素朴さは、一面の美点だ。物事は真実を知ることから、判断が始まる。

少し大人になれば、嘘くらいつけなければ、穏やかに人生を生きることができない。しかしその嘘は、その場しのぎのものではなく、深い配慮の結果であり、それが危機回避のために必要なものでなければならない。

このような意味のある嘘のつき方は、学校では指導しきれない。子供は皆個性を持っているから、一人一人に合った教え方が要る。つまり哲学が要るのである。ただ多くの子供は、この部分を独学で学ぶ。そのために必要なのが読書であり、身の回りの賢いおじさん、おばさんの存在であり、言動なのである。

幼い頃の冬、私はいつも炬燵にいて、母のお客さんたちもそこに来た。私は宿題をしたり眠ったふりをしたりしながら、その人たちの話を聞いていて、実に多くのことを学んだ。だから冬は「実のつまった」人生を学ぶ季節だった。

「必ず休め」は古来の知恵

先日来、私は興味がないので論議の成り行きも注目していないのだが、働き方改革に政府は手を入れるようだ。労働問題に関心がないと言うと非難されそうだが、私たち作家の労働などどこからも守られていない。

恐ろしくヒマな人も、よくそんなに体を酷使して生きていると思われるほど書く人もいる。初版を十万部も刷るような流行作家の中には、一日に原稿用紙で三十枚以上書く人などザラにいるらしい。新聞小説なら約十日分、週刊誌なら約五週分である。

ヒマ人の自分を基本に考えるわけではないが、日本人の暮らしはどうも忙し過ぎる。忙し過ぎるから利己的になる。

イスラエルのエルサレムに滞在していた時だった。私のホテルは、四角い箱を積み重ねたような家並みの中にあり、何軒かの近隣の家が芝居の舞台のように丸見えだった。それで私はついつい、他家を覗(のぞ)き見してしまったのである。

一番よく見える家は、豪邸ではないが、整頓された部屋の中で老女が花を飾っていた。かなり豪華な切り花である。そうだ、明日は「安息日」なんだ、と私は気がついた。

ユダヤ教の世界では、今でも安息日を厳格に守っている人が多い。安息日には厳密に働いてはいけないのだから、親を見舞いに帰ってくる子供らのためにでも、親たちは前日に翌日の分の料理も作り、花も生ける。労働の規則を書いた本の中に、字を書くことも労働だから、安息日には「一字なら書いてもいいが、二字はいけない」というふうに、具体的な規則の守り方を集めて示している頁(ページ)もある。

「安息日の夜に、安息日用のベッドを広げてもよい。しかし安息日の次の日の夜のために、ベッドを作ってはならない」

恐らくイエス時代のユダヤ人の中にも、私のように安息日になって急に戸棚の大掃除を始めるような人がいたのだろう。だから、こうした厳しさでそれを禁じたに違いない。

働き者の日本人は「休息は取れたら取るものだ」と考える。しかしその日になると、子供にせがまれてサイクリングに出かけたり、女房に頼まれて「ちょっと箪笥を動かした」りもする。たまに頼まれたことをしないと、後が恐ろしいのだ。だから安息日には「普段ならしない仕事までする」羽目にもなる。これは、安息日本来の存在の意義を破壊してしまうものだ。

安息日の規定を守ることは、精神的にも肉体的にも、本来は限度のある人間が、思い上がって、自分の能力以上のことをする愚かさに陥ることを防ごうとしている。六日働いて七日目に休むことは、古来、人間の能力の限界との折り合いをつけることであった。だから実は恐ろしい規則なのである。

「今週は、日曜日にも働いた」ということを、日本人はひどい話でもあるが「よかった。頑張った」というニュアンスをも含めて使う。しかしそのようなことは、古来の知恵に背くか、逆らう行為で、ほんとうは仕事そのものを長続きさせない愚行なのかもしれない。

神の視線の内に

　幼稚園から大学まで聖心で学んでいる間、私は決して神様の優等生にはなれなかった。聖書は後年学んでほんとうに惹かれたが、学校で教えられる公教要理などでは、始終、心の中で反撥（はんぱつ）する部分をもっていた。つまり性格が素直でなかったのである。

　在学中、当時は小説を書くなどということは背徳的なことと思われていたので、私の初期の作品の一つは、遂に大学の学長室から返って来なかった。多分捨ててしまわれたのだろうが、若書きの駄作など、消えてよかったのである。

　私は作家としての六十年を超す生活の中で、人々の暮らしを深い敬意と共に眺める癖がついた。今私は毎朝、生姜紅茶を飲む。足が冷えるので生姜を摂ることを思いついたのである。その紅茶の作り方は、インドのカルカッタの貧民街で一人の老女に習ったものだ。

あたりは貧しい家並みであった。道は塵だらけ、埃も凄まじく、その間を痩せた牛が歩き廻っている。もしかするとダーリットと呼ばれるアンタッチャブル（インドのカースト制度で最下層の人々）の住む地区だったかもしれない。

しわだらけのその老女は、道端においたコンロで、平たい鍋に湯を沸かしていた。沸騰すると、傍らの錆だらけの缶から紅茶を一匙入れて暫く掻き廻した。つまり煮くたらかしていたのである。

恐らく、その紅茶は、100グラムいくらというバラ売りの値段で買ってきた安いものだったのだろう。牛の乾いた糞や、あたりの道の塵も混じった不潔なものかもしれない。しかしその紅茶さえ貧しい家庭では有効に使わねばならないから、老女はせいいっぱい紅茶の色が出切るまで煮るようにしていたのだろう。途中でかなり多量の茶色いザラメも入れた。最後にピッチャーに入っていたミルクと生姜のおろした汁を加えると火を止めた。

それがインドのミルク・ティの正統な淹れ方かどうか私にはわからないのだが、

私の朝の生姜のお茶は、その老女の作り方を見ていた通りのやり方だ。一言も交さないままに、私にお茶の作り方を教えてくれたそのお婆さんの思い出が、私には尊いのである。私は誰からも人生を学んだ。道端の老女からも教えられた。

私にとって現世のすべての人が先生だった。五十歳を過ぎてから、シスター達の住んでいらっしゃるアフリカの僻地（へきち）の修道院を数多く訪ねたが、その結果「アフリカは偉大な教師」という言葉を時々口にするようになった。

神はすべての人の中におられることを、私は実感できた。だからすべての人が、その生活と存在を通して私の教師だった。アフリカの貧困も、飢えも、不当に短い生涯も、数百キロの彼方まで医師のいない原野の暮らしも、神がその存在の意義を照らし出して下さっているように感じられた。

正直なところ、学校にいるうちは、聖心の教育をそれほどありがたい、とはっきり自覚したことはなかった。しかし今は時々、世の中の流行に流されずに済んでいる「ぶれない心」はあの教育から贈られたものだ、と感じている。

作家は世評にもさらされるが、私は比較的静かに生涯を暮らしてこられた。「穴の中の狸のようにね」と私は時々言う。私の性格が、怠惰を好むせいもあるが、他人によく思ってもらわねばならないとか、評判が大切だとか感じずに済んでいるからである。

年を取って私は今、ますますできることの限界を感じている。しかし私は毎日、自分なりに忙しい。私は日々「神の任命書」を受けているように感じるのである。今日、お前はこれとこれをしなさい、と神が言われる。大した重い任務でもないが、私にふさわしい小さな、日常的な、それでいて必要な仕事が与えられている。それ以外には考えられないから、仕方なく私はそれをやる。

小説家にとっても必要なのは「神の眼」「神の視線」である。高いところから他者を見ることではない。小説は世俗の眼で書くように思われるが、世俗の眼の奥に神の眼がなければ、作品は奥深くならないだろう。

もともと小説家は「嘘をつく」のが仕事だ。しかし、上等の、「根も葉もある嘘」をつくには、透徹した神の視線を恐れる心がなければならない。

信仰深い生活は、初めからできたことはないが、神の視線の外にいる日常も考えたことはなかった。私はそれだけで、自由に生きることができたのである。

ここに築けよ

ダムに関して私が何よりも先に心に思い浮かぶのは、建設にたずさわったいわゆる「ダム屋さん」たちが言う「ダムには、神がここに築け（か）よ、と命じ給う地点がある」という言葉だ。

失礼な意味で言っているのではないが、「ダム屋さん」たち全員が、熱心な仏教徒やクリスチャンだとは思えない。しかし殆（ほとん）どの人がそう言う。

土木の中でもダムの現場は人が謙虚になり、大地の声に耳をかたむけ、その命じる仕事にたずさわることに、生涯の意義を見いだす場なのだろう、と私は推測している。

私は中年近くなってから、その自然と人間の魂の交流の場であるサイトに、取材のために立ち入ることを許されたのである。ここでは人間の存在など「何ほどのものか」と思わせられるほど小さいことも、しかしその人間が両手を上げて自然に立ち向かった時、そこに確固とした「人間の幸福のための痕跡」を長く残せることも教えられたのである。まさに奇蹟のような調和と協力が出現したというほかはない。

お見舞いにうかがえなくて

今日、皆さまとごいっしょできなかったことをお許しください。

今日の長崎での同窓会を決めた後で、私は五月十九日に転倒して骨折しました。十年前に右の足首を折り、今度は反対側で、前回よりも悪い折り方でした。私の足も強度偽装だったわけです。

これで私は計画中だったマラウイと、マダガスカルへの旅行も中止を余儀なくされました。幸い日本で怪我をしましたので、きちんとした医療機関で手術を受けられ、読書三昧の幸福な入院生活を送りました。これがアフリカだったら、国立病院のレントゲンが壊れっ放しという国もあり、手術室の床は泥だらけ、メスは錆びていて、ディスポーザルの注射器もない、麻酔薬もあるかどうか、しかも全域がエイズの土地だったかもしれません。日本で怪我をしたことは神さまの優しさだったと感謝しています。

私としても坂谷（さかたに）神父さまのお顔を見るのが第一の目的でしたし、神父さまも私たちに会いたいと言ってくださったので、この企画が実現しました。どうぞご病人がお疲れにならない程度を見計らって、お声をかけてあげてください。そして私のように参加できない人たちも、祈りの上で皆さまとごいっしょだとお伝えください。皆さんがお元気で旅行を楽しんでくださることは、神父さまのお心でもあると思いますから、楽しむことを遠慮なさらないように。

谷崎（たにざき）神父さまは、今年の巡礼から、私たちの指導を引き受けてくださるようになりました。今年旅行に参加なされなかった方ともお会い頂いて、今後の巡礼の旅で、いっそう自然な深い心の繋がりを持てるように期待しています。

私は七夕の日に二・五センチある釘をさしあたり一本抜く手術を受けました。まだ八本も残っているので、目下のところ私は「金持ち」ならぬ「釘持ち」です。空港の金属探知機を通らない場合も考えて、主治医から著者近影と言いたい足のレントゲン写真のコピーを持たされました。

皆さまのご健康と、揺るぎない人生の毎日をお祈りいたします。坂谷神父さまをどうぞよろしく。

また、会う日まで——弔辞

母大和キワ逝去の報告――神様のおはからいのおかげで

今年は暖冬で何となくほっとしながら、このまま春になってくればいいと希っております。

その暖かい冬の日に、母、大和キワが、おだやかに帰天いたしました。三年半ほど前から、母は床につくようになり、次第に言葉数も少なく、反応もなくなりました。一年四カ月前からは、自分で物を食べることもしなくなりましたが、私に代わって優しくめんどうを見て下さる方々に守られて、充分な流動食を与えられ、時間の経過の観念もない日を過ごしておりました。

二月十八日、かぜと思われる熱が幸いにもひきましたが、夕刻七時頃から、脈が早くなり、九時すぎに呼吸が異常になり、血圧もどんどん下がり、十九日午前〇時四十九分、まことに安らかにろうそくが燃えつきるように終わりました。

二時間後に両眼の角膜をさし上げました。私は初め、そのことを少々残酷なことなのではないかと恐れておりましたが思いがけない安らかさと喜びに満たされました。たとえ母が少々人間的なごめいわくをおかけしていたとしても、その眼によって確実に二人の方に光をお贈りしたのですから、神さまも母をあたたかく抱きとって下さいましたでしょう。

忙しい毎日を過ごしておりました私は、きっと母の死の日に、自分はどこか旅先にいて、最期をみとれないに違いない、と思っておりましたが、神さまはその点もおはからい下さいまして、私がゆっくりとその傍にいてやれる日を選んで下さいました。母の人生の中で、その死はかなり「傑作」だったように思います。

生前の希望通り、甥姪、東京在住のお友だちのほかはどこへもお知らせせず、ヒミツにしかしあたたかく親しい者だけが集りました。それでも三十人、子孫ヒマゴも揃い、皆健康で、母も心配はなかったと思います。私は母を納棺して後、すぐ大阪の講演会のために出発いたしました。

美しい陽の光を羽田で見ました時、却(かえ)って今は何の心配もなくなり、母は私の中で急に二十歳も若くなって生きているように感じられ、私は「お母さま、久しぶりで一緒に旅行しようね」と申しました。

母の一生が、少しもみじめでないどころか、満たされておりましたのは、ひとえに皆さま方に頂いた優しいお心のおかげでございます。私はただただそのことに感謝しつづけております。

お先にまいりました母は、きっと天国でにこにこと皆さま方をお待ちしておりますでしょう。見知らぬ土地に知人がいるのも悪くないものです。どうぞ、皆さま、うんと長生きをして下さって、おみやげ話をたくさん持って行ってやって頂きとう存じます。

三月十三日より、私はマダガスカルへ取材にまいります。アフリカの南東の海にうかぶ遠い島です。本来ならお目にかかって母の生前の御礼を申し上げる筈でございますが、出発も間近に迫っておりますので、とりあえず手紙でお許しを頂きとう存じます。

お大切におすごし下さいますよう。

一九八三年二月二十五日

鹿内信隆さま——日本のマスコミの自由を守り抜いて

数多くのご友人を差し置いて、お別れを申しあげる僭越(せんえつ)をお許し頂きとう存じます。

たった一つ私にも、最後のお礼を申しあげる資格があるとすれば、それはあなたが新聞人として最後まで日本のマスコミの魂を守り続けてくださったことに対する、厚い感謝の思いを持つ友人たちの列の最後に、私もまた立たせて頂いているからでございます。

日本の戦後のマスコミは、決してその言葉通り言論の自由を守り続けて来たりはいたしませんでした。私が書き続けてきました三十六年間にも、ペンを圧迫する波は幾つもその顔を変えて現れました。とりわけ激しかったのは、中国報道に関する新聞の、長年にわたる信じられないほどの偏向ぶりでした。

その中であなたが率いられた産経新聞は、もう一つの通信社やさらに幾つかの出版社系の週刊誌と共に、日本のマスコミの自由を守り抜いてこられました。そのことに対して、言葉ではあらわせないほどのお礼を改めて申しあげます。

いつか箱根の彫刻の森美術館を見せて頂きました時、あなたはまだご健康で、向こうの峰まで毎日歩くのだ、と青年のように語っておられました。その峰ははるかに遠く、私にはあそこまで登るのは、さぞかし大変だろうと思われたものです。その日、私の印象に深く残りましたのは、それまであなたがお働きになりました数々の華やかな役職の中で、あなたはその時の、美術館館長というお立場を一番愛しておられたように感じられたことでした。

個々の彫像はその日も自然の中で悠々と立っておりました。それは、毅然として自分を失わず、しかし少しも他を威圧しようというものではありませんでした。風も爽やかで、雲もその輝きを失わず、しかも彫像は一つ一つ、楽しそうでした。それは自然と人間との最も雄大な共存の姿であり、今にして思うと、それこそがあなたの一番お好きな人生の素顔だったのではないかと思います。

あなたは、ご家族に深く愛された家長でいらっしゃいました。こんなことを、このお別れの席で申しあげるのは少し場違いなのかもしれません。しかし家族を幸福にするということは、やはり人にとって神聖な事業です。家族さえも充分に幸福にできない人たちがどこにでもいることを思えば……どうぞこんな言い方をお許しください……その一面でもあなたのご生涯は大成功でいらしたと言えます。どうぞ、私共皆がそういう生活にあやかれますように。

ご著書『泥まみれの自画像』の中で、ご自分の惚れこんだ作品を美術館に置くために、二度も三度も作者の許に足を運ぶことを、あなたは「終わりのない恋愛の旅」と言っていらっしゃいます。この世のすべての存在に対して「終わりのない恋」をし続けられるということ自体が、既に一つの芸術であり才能です。私を初め、ここにいる多くの友人たちが、あなたに対して抱いた嫉妬も羨望（せんぼう）も、まさにその地点にありましたでしょう。

初代教会を作るのに大きな功績のあった聖パウロは、「テモテへの第二の書簡」の中で「この世を去る時が来ました。わたしは、良い戦いを戦い、走るべき道程を走り終え、信仰を守り抜きました」という訣別（けつべつ）の言葉を記しています。その絢爛（けんらん）たる言葉は、長い間、私の心から消えたことはありませんでした。しかし今、私はその勇気ある静かな言葉が、あなたのためにも用意されていたものであったことを知りました。

改めて、あなたが、私共すべてにお与えくださいましたご配慮に対して、深く深くお礼を申しあげます。

一九九〇年十二月四日

※鹿内信隆〈しかない のぶたか、一九一一年（明治四十四年）十一月十七日—一九九〇年（平成二年）十月二十八日〉は、実業家。フジサンケイグループ会議議長。

田中千禾夫さま――見事な文学者の生涯に賛美を

ご訃報を聞いてから、こんなにも或る方の一生が、手応えのある重さで満ち足りているように感じられたことはありません。昨日お通夜の席で、私共はあなたの年譜を頂きました。そこには私の知らなかったようなお仕事まですばらしい記録があって、私はその一つ一つを灯火のように感じたものです。私の原作も、手がけて頂いた一つでした。ほんとうにありがとうございました。

しかし田中千禾夫先生という方は、何と人生を贅沢にお使いになったのだろう。そしてその一つ一つが完全に成功していた、という思いが深いのです。

千禾夫先生は、多くの場合、にこにこと寡黙でした。喋るより考えていらっしゃる方でした。しかしお話しになる時はゆっくりと温かい口調でした。むだなく、考えて、熟成した結果を必要なだけお話しになっていたのでしょう。私のように、早口で思いつきを喋って人生を過ごして来た者には、それだけでも偉大な人を見る思いです。

しかし贅沢はそれだけではありませんでした。千禾夫先生は、お仕事場にあっては、生き生きとした美女たちに囲まれて、無制限に自由な、架空の世界を楽しまれました。これはもう、誰もがシットにかられるほどの、最大の贅沢でしたでしょう。そして家庭にあっては、私たちが大好きな澄江(すみえ)夫人と、誰もが生きることを望んだような平凡な家庭生活をされていたように見えます。そして千禾夫先生の最大の傑作は、この澄江夫人という方を創られたことだったと私は秘かに信じているのです。

私たち夫婦は、田中千禾夫・澄江夫妻の話をする時には、もう初めから顔が笑っていました。澄江夫人の会話は時として「猛烈」を装いながら、実は童女の如き偉大な自然さと善意と賢さを失ったことがありません。あれは天性のものだろうか、と思いつつ、しかし私は、夫が妻を育てるという事実をどうしても否定することができなかったのです。

田中千禾夫さま。あなたは、長崎にお生まれになりました。あのさんさんと太陽が降り注ぎ、潮の香りに洗われた土地が原爆を受けたのです。それがあなたの故郷の顔でした。その運命から、あなたは生と死がこの世で必ず連れ立って歩く不気味さと偉大さを受容なさいました。

洗礼を受けた日にちだけは、澄江夫人や私たちの方が早かったかもしれません。しかしあなたは神に対して忠実でした。あなたは三十六年前に、洗礼の希望を明かされたと伺いましたが、多分お生まれになったその時から求道者だったのです。そして私などが、軽薄な妥協の産物として洗礼を受けたのに対して、あなたは神に対しても、運命に対しても、礼儀を尽くし、手順を尽くして、長い時間の求道の末に洗礼を受けられたのでした。

あなたは人として考えられる限りの謙虚な手段で、ご自分の希望も、美学も達成なさいました。あなたこそ、人生の成功者でした。こう考えてきますと、お葬式の時に必ずついて回る悲しみなど、口にできなくなります。

今日神父さま方は、白い祭服を着ておいでです。それは、田中千禾夫という方が天に帰られたことに関しては、何の不安も悔やむこともないという、明るい門出を祝されたものです。こういう時、ほんとうのカトリック者は「ハレルヤ」（主を賛美せよ）という祝福の言葉のみを贈るのだと言います。私たちもこの一人の見事な文学者の生涯を、主において賛美する声を合わせたいと思います。もっとも心弱い私は、それでも喪失の苦しさを取り去ることはできませんが……。

この世でお会いできた運命に、改めて深く御礼申しあげます。その方にお会いできたからこそ、この世が味わい深くなり、信じられるものにもなり、何より楽しかった、ということが、れっきとしてあります……あなたはまさにそういう方でした。

いってらっしゃい。また、すぐ、お目にかかりますから。

一九九五年十二月四日

※田中千禾夫〈たなか ちかお、一九〇五年（明治三十八年）十月十日―一九九五年（平成七年）十一月二十九日〉は、劇作家、演出家。日本芸術院会員。

宇野千代さま――来世が近くなりました

南の島で、ご帰天を知りました。

今夜は曇、遠雷も轟（とどろ）いています。でも明夜晴れれば、今まで見たこともなかった大きな星が、心躍る南海の夜空に出現していそうな気もします。それは、今夜から星座に加わった、私にしか見えない新星です。

百歳のお祝いに、桜の模様の大振袖のお姿を見られなかったことは残念ですが、これで、私には来世がもっと近くなりました。

一九九六年六月十日

※宇野千代〈うの　ちよ、一八九七年（明治三十年）十一月二十八日―一九九六年（平成八

年）六月十日〉は、大正・昭和・平成にかけて活躍した小説家、随筆家。多才で知られ、編集者、着物デザイナー、実業家の顔も持った。作家の尾崎士郎、梶井基次郎、画家の東郷青児、北原武夫など、多くの著名人との恋愛・結婚遍歴を持ち、その波乱に富んだ生涯はさまざまな作品の中で描かれている。

千登三子さま――伝統の護持と自由な精神を

人間は誰もがいつかは別れて行きますが、私はあなたとは、七十歳になった時、どこか気楽な旅行に行くつもりでした。もう長い間、日本の女性が担うことの可能な最大の文化的な使命と徳を一身にしょってこられたのですから、その時は、あなたとは一瞬も離れてお暮らしになれないお家元も、私たちが女同士の旅をするのを許してくださるだろう、と思ったのです。でもそれも叶わなくなりました。

あなたはほとんど完璧な形で現世を生きられた稀有（けう）の方です。あなたは天性の、神か仏かから贈られた資質と、あなたご自身が恐らくは厳しい努力の末に得られた才能とを、ごく自然に備えておいでてでした。伝統の護持と、自由な精神との双方を保ち続けるということは、現実にはなかなかむずかしいものです。しかしあなたはその困難を、ごく自然に、賢いしなやかさで楽しんで来られたように見えます。

長い年月、私たちは時々学生のような時間を過ごしました。あなたは私の書斎の一隅のテーブルで我が家の手料理で食事をしてくださいました。そこは誰も入らず音も聴こえず、外からは完全に隔絶された空間でしたから、私たちはそこで心おきなくさまざまなことを語りました。本について、人の心の不思議さと偉大さについて、そして時にはあなたがこれも長い年月助けてくださったアフリカの悲惨さについて、語ったものでした。

あなたは長い間、私が働いて来た小さな救援組織のために、お金を送り続けてくださっていました。看護婦や助産婦や保母としてアフリカの奥地に入り、一年中お湯のお風呂になど入ったこともない生活をしながら、土地の人々のために働いている日本人修道女はたくさんおられます。私たちの組織はそうした修道女たちの仕事を助けるためにあり、あなたはそれをさらに陰から援助してくださっていたのです。

まだ乳児なのに、老人のような苦痛に歪んだ顔、鉛筆のように細い手足、皺だらけの皮膚、そういう症状を見せる栄養失調をマラスムスといい、その反対に、手足も顔もお腹も、ぱんぱんに腫れ上がる蛋白質（たんぱくしつ）の不足のための浮腫を、クワシオルコルと呼びます。どちらもこのような顕著な症状が現れると、いつ心停止が来てもおかしくないと言われています。

あなたが送ってくださったお金で、そうした子供たちの何人が、死の淵から生に向かって這（は）い上がったことでしょう。私たちは通常医師でもない限り、人の命を救うことなどなかなかできません。しかしあなたは、溢れるような温かい惻隠（そくいん）の情をもって、ひそかに長い間、こうした生死の境にあった子供たちを生かしてくださったのです。

一九九二年、私はヴァチカンの諸宗教対話評議会議長、アリンゼ枢機卿と共に今日庵（こんにちあん）を訪問いたしました。その時お家元とあなたは、御祖堂（おんそどう）で教皇からお受けになった聖書を開いて、私たちをお迎えくださいました。ほの暗いお部屋の中で、私は総（すべ）ての人を立場を超えて温かく迎え、包容する、平安というものを実感いたしました。

爽やかな朝日の差す食卓で、また雨の音がそのまま夕闇に溶け込むような夜に、お家元がお一人であなたのおられない時間をお過ごしになることを思うと、私の心は痛みます。

しかしあなたはもはやどこにでも遍在される存在になられました。お家元もやがて、いつでもあなたの生き生きとした眼差しと存在感の中でお仕事をなさるようにおなりでしょう。

長い年月、私は、この世の原型は悪夢だと信じてまいりましたが、あなたを通して、夢にも似た優しい人生もあるのだということを教えて頂きました。ほんとうにありがとうございました。

ほどなくまた、お会いできますね。

一九九九年三月二十五日

※千登三子〈せん　とみこ、一九三〇年（昭和五年）七月二十七日—一九九九年（平成十一年）三月九日〉一九五五年（昭和三十年）吉川英治夫妻の仲人で十五代千宗室と結婚。国際茶道文化協会会長などを務め、国内外で茶道の普及に尽力。一九八〇年（昭和五十五年）から職業婦人による世界最大の奉仕団体・国際ソロプチミストの日本財団理事長。裏千家学園学園長の他、日仏文化協会理事なども務めた。

江藤淳さま――時間しか癒すものはありません

『妻と私』をありがとうございました。

お葬式の直後頃、お手紙を書きました。読み直してお出ししようと思っていた日に、産経の方にお会いしました。江藤さんがどうしておられるか伺うと、ご入院中で、今はただ少し休みたいと言っていらっしゃる、ということでした。ほんとうにそれ以上のことは考えられませんでした。何を申し上げても、虚しくお感じになるだけだろうと、わかっておりました。私は黙って手紙を捨てました。

告知をしません、ときっぱりとドクターにおっしゃってほんとうによろしかったですね。あのお言葉の中に無限のお労り（いたわ）を感じました。告知をする方がはるかに楽なのですから。私たち夫婦は告知をする約束をしていますが、それはお互いの性格を考えた上でのことです。どの夫婦にもそれぞれ一番いい姿があるものです。

私は自分の親たちの不仲を見て来ました。不仲な夫婦は長い年月、地獄を味わって暮らしますが、相手が死んだ時には静謐(せいひつ)を味わいます。それがせめてもの贈り物なのかもしれません。ほんとうに仲のいいご夫婦の一人が先立たれるのを見ると、私は二人が仲が悪かったらどんなにかよかったのに、と思う癖が長い間抜けませんでした。

私たち夫婦は、同じような価値観を持って暮らして来られました。そのせいか、私も長い間、一人になることを恐れ続けて来ました。

五十歳を過ぎてからは毎日、「今日までどうにか普通に暮らせる健康を与えて頂いてありがとうございました」と神にお礼を言ってから眠りに就く癖ができました。毎日毎日が終わりと思って暮らすようにしております。三浦朱門(みうらしゅもん)は全くそういう気風ではないのですが……。

お葬式の後のご病気は、むしろ贈り物だったような気がします。身心共に病み疲れて、どん底に触って、それからやっと回復なさる他はなかったのだと思います。ご健康だったら、逆にもっとたまらなくていらしたでしょう？

時間しか癒すものはありません。それでも傷跡は消えませんが……。私たちは誰もが満身創痍です。現世は原型としてろくでもないところだ、と私が子供の時から思い続けて来たことは、やはり間違いではなかったような気もします。

一年くらいは、お疲れが治らないだろうと思います。ゆるゆるとねじをお巻きください。無理をなさらずに。虚しくおなりになったら、とにかくその日は、布団を被ってお休みください。明日はまた別の日になるでしょう。私はずっとそうして生きて来ました。

またどこかでお目にかかれますように。

一九九九年七月

※江藤淳〈えとう じゅん、一九三二年（昭和七年）十二月二十五日―一九九九年（平成十一年）七月二十一日〉は、文芸評論家、文芸博士（慶應義塾大学）。東京工業大学、慶應義塾大学教授などを歴任した。

小林與三次さま――戦後の日本復興のために尽くされ

今日私は、あなたにお礼を申し上げるためにまいりました。一人の日本人としても、そして個人としても、……です。

私はあなたと人生のやや後半になってからお目にかかるようになりました。上坂冬子(かみさかふゆこ)さんと私は、時々、あなたとお食事をする機会を与えて頂きました。私はそのことをはしたなく「三角関係の会」などと秘書課の方の前でも口走ったこともあるのですが、それがあくどいマスコミの世界で別に写真週刊誌の標的にもなりませんでしたのは、私たち二人がガールフレンドならぬバールフレンドであったこともございますが、勘のいい相手は、もしかすると、私たちが本気で世の中のことを語っていたことを知っていたからではないかと思います。

上坂さんは政治の世界のこともよくご存じでしたが、私は何度聞いても小選挙区制の仕組みさえ理解しませんでした。そういう二人の食い違ったままで臆面もない滑稽な会話を、あなたはいつも楽しそうに聞いて下さり、時々ぴりっとした解説をしてくださいました。あなたは私たちの違いの中に、読売新聞一千万の読者の典型を見ておられたのだと思います。

あなたは人間がお好きでした。人間を全く過大評価も過小評価もなさいませんでした。それは言うのは簡単ですが、実行するのは実にむずかしいことで、マスコミに限らず人間全体の基本的な徳の姿勢を示しております。

あなたは富山の、日本海のあの厳しい自然のみが持つ仏教世界の豊かさの中でお育ちになりながら、カトリックのヴァチカンに対しても寛大な心をお持ちでした。システィナ礼拝堂は、長い年月の間に、人間の業を思わせる人々の吐く息や蠟燭(ろうそく)の煤でくすんでおりました。それをミケランジェロが描いた時そのままの透明さを取り戻すため、修復の大事業にゴー・サインを出してくださいましたことは、今世紀の日本が誇るべき大きな事業でした。それは間接的に、人間は本来は宗教によって戦う必然がないことを教えておられましたし、美しさと喜びは誰とでも分かち合うべきだというあなたの謙虚な信念を示してもおられました。

あなたの人生が、類まれなほど大成功でいらしたことに、お祝いを申しあげる僭越をお許しください。ご苦労がなかったというわけではございませんでしょう。しかしあなたは戦後の日本の復興のために力の限り働かれました。マスコミという怪物に轡（くつわ）をかけ、それに基本的自由を与えつつ御することにも力をお持ちでした。賢い奥様と三人の美しいお嬢様に囲まれて、あなたは人間としてこの地上で生きうる限りの濃密な人生を全うされました。

ご家族の皆さまが、大きな喪失感を乗り越えて、世のため人のために生き続けてくださいますことをお願い申しあげます。それが亡き方のご希望でもあり、ご命令でもあると思っております。

二〇〇〇年二月四日

※小林與三次〈こばやしよそじ、一九一三年（大正二年）七月二十三日―一九九九年（平成十一年）十二月三十日〉は、内務・自治官僚、実業家。自治省の設立に尽力したのちに下野。読売グループの要職を歴任した。正力松太郎は岳父。

小田稔さま——精神のお洒落な方

ご訃報に接して以来、数日の間、ずっと先生の視線を、日の光の中にも、風の音の中にも、夜空にも感じていました。

もっと長くこの世にいてくださるお約束のように思いましたが……晴々と、どこか途方もなく壮麗で、端正で、開放された空間に帰って行かれたような気がしています。必ず神にもお会いになりましたでしょう。科学を通して先生は多くの人々を神にお引き合わせくださいました。

先生に優しくして頂きました日々に深い感謝を捧げます。ロケット打ち上げの前日でさえ、先生とは、お話をしながらいつも笑っておりました。先生は精神のお洒落な方でしたから、私にすべての科学的なこと、人間的なことの双方を、楽しく解説してくださっておりました。

また近くお目にかかる日が必ずまいります。その時、死は決して終わりではなかったことを、あの楽しそうな口調でお話し頂けますでしょう。

奥さま、お子さま方のお心を支えてくださいますよう、それだけを神に願っております。

二〇〇一年三月五日

※小田稔〈おだ みのる、一九二三年（大正十二年）二月二十四日―二〇〇一年（平成十三年）三月一日〉は、天文学者、宇宙物理学者。東京大学名誉教授。一九九三年（平成五年）に文化勲章、一九九七年（平成九年）には勲一等瑞宝章を受章。

坂谷豊光神父——羊の群れを導いて

坂谷神父さまが帰天された翌々日の朝、長らく雨や曇り空が続いた東京の空からも切れた雲の間から青空が覗きました。私はその空を見上げた時、不思議なほど現実的に、神父さまの昔ながらの笑顔を感じました。

「いや、来てみたらすばらしい所だったよ」

と神父さまはお笑いになっているようでした。

「そちらに伝える方法がなくて……」

今はお苦しみもなくなられた神父さまがそうおっしゃるのは当然と思いましたが、その前に、神父さまは二カ月間もゲッセマネとゴルゴタの苦悩を、主と分ち合っておられたのです。神父さまが、むしろ積極的に最期の苦しみを受けられて、そして旅立っていかれたことに、私は神父さまの信仰の姿勢を感じます。

私は三十五年以上、神父さまの謦咳（けいがい）に接して来ました。コルベ神父の生涯とその死を書いた『奇蹟』を連載することになった時からです。「友のために自分の命を捨てること、これ以上に大きな愛はない」と聖書に書かれているのを私たちは知っていますが、その通りに生きたマキシミリアノ・マリア・コルベという方が現実にいられたのを、私は神父から教えて頂きました。一九七一年に、私はポーランドとイタリアの取材に入り、オシウェンチム、ドイツ人の言うアウシュヴィッツに行って、人間とは何かという根本的な疑問に打たれて、そのショックで病気のようになって帰って来ました。

神父さまは、作家という私の職業を通して、私を育ててくださったのです。度々私は神父さまの企画された講演会によんで頂きましたが、開会の十五分前まで、神父さまはまるで世間のイベント会社の専門家のように、細かく周囲のことに気を配られました。そして十五分前になるとぴたりとその人間的配慮を止めて、後は他人が声を掛けても答えられないほどの祈りに入られる姿に私は毎回緊張していたものです。人間として努力はする。希望もする。しかしすべてのことをお決めになるのは神なのだ、と神父は語っておられたのです。

二十五年ほど前に、私は少し深刻な眼の病気をし、一時盲人になることも微かに覚悟していました。私の手術が行われる前、ほんとうに祈ってくださった方のお一人が、坂谷神父さまでした。——神父さまは天国のコルベ神父を脅した、と笑って言われました。

「コルベさん、曽野綾子はあなたのことを書いたのですから、今度はあなたが彼女を助けてやってください」ということだったのでしょう。神父の表現には、いつもこうした温かいユーモアがおありでした。

私の眼が文字通り奇蹟的な視力を得て回復した時私は幸福な負い目を感じていました。お金を払ったのでもない、努力したのでもない。お祈りのおかげで、天の父は私に眼をくださったのです。今度は私が少しだけ見えない方たちの眼の代わりになりたい、と思いました。そして始まったのが坂谷神父さまを指導司祭とする「障害のある方たちとの聖地巡礼」でした。視力障害者、ハンセン病患者さん、車椅子の人たち、癌や他の病気を病む人たち、精神的な苦痛と長くつき合ってきた人たち。その苦しみの千差万別の故に私たちは他の旅行では見られないような豊かで深い連帯に結ばれて帰りました。今まで年に一度ずつ、二十三年続いた旅には約五百五十人の方たちが参加され、その中から、ごく自然に神に呼ばれて洗礼を受けた人たちは七十五人に達しました。

この旅は、毎日違った土地の教会でのミサで始まるのが普通ですが、時には砂漠のワディと呼ばれる涸(か)れ川の川床や、荒野をみはるかす台地の上でも行われました。それはまさに主がごらんになった光景のままのように思えました。放牧民のテントに泊まった午後には、ハムシーンと呼ばれる砂嵐も吹き、神父さまは着ておられたヤッケの色が砂に埋まって見えなくなる中で平然と健康な眠りに就かれ、翌朝「ああよく眠った。やっぱり日本人はベッドより蒲団がいいのよ」とにこりとされました。

二十代から筋萎縮性側索硬化症(きんいしゅくせいそくさくこうかしょう)を患い、ほぼ視力も失われている四十代の車椅子の男性は「曽野さん、僕はこの砂漠の果てまで来られるとは思いませんでした。昨夜、僕は星を見ました」と言ってくれました。坂谷神父さまはまさに羊の群れをここまで率いて来てくださった羊飼いでした。

毎朝のミサで、坂谷神父さまの祝福を受けた人たち、つまりまだ洗礼を受けておられない人たちが、その祝福から受けた濃密な幸福感というものを、私は決して忘れないでしょう。しばしばご聖体を受ける私たち以上に、神父さまは、苦しみを抱えた参加者すべてをその信仰の如何（いかん）にかかわらず、神が記憶し、その捧げた犠牲の故に愛し祝福し、その生き方すべてを覚え抱き取っていてくださることを思い出させてくださいました。ご聖体を受けたけれど、神父さまの祝福も受けたいという強欲な参加者がいつもいたのです。

私が申しあげることではありませんが、神父さまのご生涯は最期まで、神父としての姿勢を貫き通し、ほんとうに大成功でした。私はお祝いの言葉を申しあげなければなりません。そして私たちも、神父さまのような生涯を遂げたい、と願っています。

坂谷神父さま、長い年月ありがとうございました。また、ほどなく、お会いいたしましょう。

二〇〇六年七月十四日

（長崎　聖母の騎士修道院聖堂にて）

※坂谷豊光〈さかたに とよみつ、一九三五年（昭和十年）一月二日－二〇〇六年（平成十八年）七月十一日〉カトリック司祭、聖母の騎士社代表、東長崎教会主任司祭、老人ホーム「聖フランシスコ園」園長。

尻枝正行神父――「耐える聖人」の面影

一九七二年の或る日、私はローマで尻枝正行神父さまに初めてお会いいたしました。それ以来、私の人生に神父さまは大きく入りこんで来られたのです。私にはたくさんのお師匠さま方がおられ、私はその方々を師団と呼んでおりました。軍隊の師団とは違いますが、私のこうした言葉遣いの方が実感があるように思います。尻枝神父さまはその中でもその個性においても温かさにおいても際立った存在でした。

長い年月、私の記憶の中で、スータンを召した尻枝神父さまの姿は必ずヴァチカンのサン・ピエトロの広場にありました。私は二十三年の間、盲人や車椅子の方たちと聖地巡礼をしていたわけですが、教皇さまの謁見がある時、そうした方たちが教皇さまのお近くに行き、一人一人が病気を聞いて頂き、手を触れてその苦痛を慰めて頂くことができるようにお計らいくださったのはすべて尻枝神父さまだったのです。病気は辛いものですが、一面でそれは神がその人にお与えになった信頼の印、特別の使命だということも、尻枝神父さまから教えられました。

神父さまとの記憶を語ればきりがありませんが、私個人としては一九八〇年の初め頃、私の視力が小説家としての仕事に耐えられなくなり、一時鍼灸師(しんきゅうし)として出発することも考えていた頃、神父さまとの間で交わされた一つの会話が忘れられません。私はその頃始終墓穴の中に落とされて徐々に上から土をかけられていくような恐怖の中にありました。そのどん底から救われた本当の力は、実は私の恩人友人たちの祈りにあったのですが、尻枝神父さまはその時「曽野さんは目を失った時に本当に神を見るだろうな」とおっしゃったのです。そして恥ずかしいことに私はその時すぐさま、「神父さま、神なんか見なくて結構ですから、目をください、と神さまにおっしゃってください」と答えたのです。神父さまは後で、「あんなことを言って曽野さんに残酷だったかな」とおっしゃっていたそうですが、どうして残酷などということがありましょう。真実ほど強いもの、人の心を支えるものはありません。私はそうして公然と神をないがしろにいたしましたが、もしかすると、それまで信仰の劣等生意識の強かった私が、それ以来、神さまに名前ぐらいは覚えて頂いているかなと思い始めたのは……ほんとうは、そんなことはないのですね。神はどのような人生の劣等生でも初めから心に深く留めておられるのですが……私の手術の結果が予測できないほどすばらしい視力を生んだからでした。それは友人知人と共に神父さま方やシスター方のお祈りも頂いていたからなのですが、何事にも慎みのない言い方をする夫の三浦朱門は、感謝の代わりに「そうだよな。我々だって女は恐ろしいんだから、神さまだってシスター方の祈りを聞き入れなかったら後が怖いと思われたかもしれんよ」という失礼な感想を洩らしたのです。いずれにせよ、尻枝神父さまは、私の人生のあらゆる局面において、常に傍に立っていてくださって、何気ない一言の中に人生の深淵や救いの方法を常に簡潔に明確に見せてくださっていたのです。

ヴァチカンでの長いご勤務の後、やがて神父さまの深い悲しみの季節が来ます。神父さまはそれまで本の虫、知恵の塊でした。そうして蓄えた貴重な知識と信仰を、湧き出るような鮮明な表現力で、私たちに伝えてくださっていたのです。

その神父さまが、ご病気のために、歩行も読書も会話も不自由になられました。

しかも明晰な判断力を保たれたままです。長い年月、どのようにしてかつての自分とは違う日々に耐えておられたか、その時、私はなぜもう少しお傍にいられなかったのか、今でも申しわけない思いで一杯です。

しかしこの最後の歳月に、神父さまはそのご生涯でもっとも英雄的な仕事をしておられたのかもしれません。それは、耐えるという人間にとって最高に勇気ある姿勢を静かにお見せになっていたことです。神父さまには「耐える聖人」の面影がありました。たったお一人としてぴったりとそのお心に二十四時間添える者はいませんでした。だれ一人の例外である神以外は。神父さまはヴァチカンで長年俗世の組織と騒音をお受けとめになった後、純粋に神とお二人だけの晩年に戻られたのでしょう。

毎年十月頃、神父さまは日本に戻られることを楽しみにしておられました。栗、きのこ、お魚にも脂が乗って来て、秋の紅葉もあでやかに濃くなる季節です。今年お帰りにならないのが不思議に思えます。

私は俗っぽく、修道者たちがご任地で眠られるのを、少し痛ましく感じた時代もありました。しかし尻枝神父さまご自身、タルススに生まれた聖パウロがローマで殉教されたことを偲びつつ、ローマの土になることを承諾されておられました。すべての結果は神がそれを望まれたからだ、として……。それが聖職者たちが死後もなお、永遠の任務に就くことなのでしょう。

私は毎年のように飛行機でアフリカ大陸の上を飛んで来ましたが、かつて私と親しかった、そしてその多くは私よりずっとお若かったシスターたちも、その広大な荒れた大地、そこがご自分の任地だった土地に眠っておられるようになりました。チャドのンジャメナ、マダガスカルのアンツィラベ。もちろんお会いしたことはないのですが、私が深く惹かれるシャルル・ド・フーコー神父はサハラの南端で。頭上の満天の星の下で、私は飛行機がその近くを飛ぶ度に必ず心の中で手を振り、そして言っています。

「人は、その命を捧げた仕事しかほんものではなかったんですね」と。

かつてあれほど深く慕われ、ほとんど聖母の面影と重ね合わせていらしたお母さまにもやっとお会いになれましたでしょう。神父さまに「さようなら」は言いません。もっと明るく「アレルヤ」（神を讃えましょう）と言いましょう。そして現世で弟子の一人にしていただきましたことを改めて深く深くお礼申しあげます。

二〇〇七年七月

※尻枝正行〈しりえだ　まさゆき、一九三二年（昭和七年）―二〇〇七年（平成十九年）〉鹿児島生まれ。教皇庁立グレゴリアン大学にて神学博士号取得。カトリック・サレジオ修道会司祭。元ローマ教皇庁（ヴァチカン）諸宗教対話評議会事務局次長。深い人生の洞察力と、幅広い該博な知識を持ち、宗教の枠を越えて多くの人々に敬慕されている。

巻末付録―青い空から三浦朱門の声が聞こえる

転んで額にコブを作ったり目の周りに青あざができると、人から「どうしたんですか？」と訊かれるので、「女房に殴られたんです」と嬉しそうに答えていました。それが次第に寡黙になっていったのは、老化が進んだ徴候だったのでしょう。

二〇一五年六月に検査入院すると、精神的な活動が一気に衰えていくのがわかりました。生活が変わってしまったせいです。夫は歩くのが大好きで、毎朝、最寄り駅にある大きな本屋へ行って本を一冊買い、だいたいその日のうちに読み終えるのが日課でした。

ところが病院は規則が多くて、勝手に廊下を歩けないし、本をたくさん持ち込むこともできません。あまりにも病人的な生活で、本人も「とにかく家に帰りたい」と訴えました。

急いで自宅へ連れて帰ると、大変な喜びようでした。夫には住み慣れた家が一番だとわかって、最後まで普通の暮らしをしてもらうために、自宅で介護をすると決めたのです。

夫は車椅子をうまく使って、家中を移動していました。トイレも自分で行くし、食事どきには自分が食べたくなくてもテーブルにやって来て、私や秘書を眺めながら「みんな、よう食うな」と嫌がらせを言っていました(笑)。

約五十年前に建て替えた自宅には、段差や敷居がまったくありません。トイレは汚したとき壁まで洗えるように、床に排水装置がついています。図面は私が引いたのですが、高齢の親たちの面倒を見ることを覚悟して、こうしたのです。この家で、私の母、夫の母、夫の父の三人を看取りました。八十三歳、八十九歳、九十二歳でした。だから私は、老人の介護に慣れています。上手に手抜きをしなければ長続きしないことや、そのコツも知っています。

けれども夫の介護は、私一人では無理でした。親たちのときと違い、自分が八十四歳になっていたからです。検査入院から帰ってきてしばらくたった十二月八日の午前四時頃、新聞を取りに出た夫は、玄関の外で倒れていました。早朝の寒さの中、意識はあるものの自力で立ち上がれない寝間着姿の夫を抱き起こす力が、私にはありませんでした。折よくやって来たオートバイの新聞配達人に助けを求めて、家の中へ運んでもらったのです。

息子夫婦は関西に住んでいますし、その後には私自身が脊柱管狭窄症（せきちゅうかんきょうさくしょう）の診断を受けました。そこでヘルパーさんを頼むことにしました。私の体調が悪化して介護できなくなる事態を想定して、老人ホームに入ってもらう備えも、実はしていました。

夫は次第に食欲をなくしていき、「要らない」「食べない」の繰り返しになりました。私は、食事の工夫に神経をすり減らす毎日です。去年の一月末、ついに固形物を口にしなくなった夫をホームドクターに診てもらうと、血中酸素量が極端に下がっているからと緊急入院を命じられました。

病院では間質性肺炎と診断され、レントゲン写真を見ると肺が真っ白になっていました。この病気は酸素が肺に行かなくなるので、だんだんと意識が混濁していきます。八日ののち、美しい朝日に見送られながら、夫は穏やかに旅立ちました。

話し合って決めたわけではないのですが、夫との間には「延命治療はしない」という了解がありました。病院側から「最期にどんな治療を希望されますか」と訊かれましたが、点滴などは最低量にとどめてもらい、回復するような見込みもなかったため肺炎の治療薬も投与しなかったのではないかと思います。

私たちは夫婦ともカトリックですから、いつの日か死ぬということがずっと頭にありました。まともなカトリックは日に五回お祈りをするのですが、もちろん私はそんなに祈りませんよ、でも、死についてはよく考える癖がついているんです。

葬儀のミサは翌々日、夫が過ごしていた自宅の部屋で行ないました。愛用の物を棺に入れたらどうかと、葬儀屋から言われました。しかし万年筆なんて入れたら、「まだ原稿を書かせるつもりか」って怒るに決まっています。

結局、その日の朝刊を入れました。新聞と本は大好きで、意識をなくす直前まで読んでいましたから。ちょうど、夫の死去を伝える記事が一面に出ていた産経新聞で、畳むと胸の位置に自分の顔写真がありました。

背広が大嫌いだったので、お気に入りのベージュのセーターを着せ、その内側に、前の夜に書いた手紙を入れました。長い手紙を書いたら「めんどくさいから読まない」と言われますから、たった三行の手紙です。三行半(みくだりはん)じゃなかったんですけどね（笑）。三浦朱門に感謝していましたから、その気持ちを短い言葉にしたのです。私は両親の仲が悪くて苦労の多い子ども時代を過ごし、結婚して自分の家庭をもって以来、とても気楽で幸せになったからです。文学でも、夫は私を導いてくれました。

『新思潮』という文芸雑誌の同人として、私たちは知り合いました。昭和二十六（一九五一）年のことです。初めて会ったのは新宿駅で、「何番線ホームのごみ屑籠のそばに立っていろ」と指定されて、その通りにしたんです。やって来た夫は、染めてもいないのに髪の毛が赤くて、はちみつ色のジャケットを着ていて、あの頃、軽薄でおかしな人をイカレポンチと呼びましたけど、「こういう人のことかな」と感じたのが最初の印象です。

話してみたら実際にずれていて、「僕は嘘つきです」って言うんですよ。「自分から嘘つきって言うところを見ると、実は正直な人なのかな」と考えたりしましたが、父が厳格すぎる人でしたから「いい加減な人のほうが楽でいいや」と思ったのです。

結婚したとき私は二十二歳で、まだ聖心女子大の四年生でした。どうしてそうなったのかよくわからないのですが（笑）、「夏休みも食えるようになったら、結婚してください」と言われたんです。夫はそのころ大学の時間講師をしていて、夏休みは月給が出なかったからです。

評判や外面や世間体をまるで気にしない人でしたから、一緒に暮らすのはとても楽でした。私が出かけるとき見送りに出てきて、「じゃ、夜は天ぷらを揚げておくからね」なんて、わざとご近所に聞こえる大声で言うんです。私が編集者と出かけたあとに「奥さんいますか？」という電話を取ったときは、「さっき、誰か男の人と出て行っちゃいました」と答えたそうです。横で聞いていた秘書は、笑い転げていたそうです。

またあるときは、電話で「はい、はい、すぐに伺います」って恐縮しているので「何？」と訊いたら、

「床屋がかけてきて、『今日あたりそろそろどうかね。空いてるし、もう伸びてるだろう』って。向こうから命令してくる床屋って面白いだろ」

と言います。そんなふうに、普通とはちょっと逆で、どこかつじつまの合わないことが好きだったのです。

六十三年の結婚生活の間、いつも夕食のあとにいろいろな話をしました。「今日、取材に行ったらこんなことがあって」などと話すのですが、どういう小説を書くかは言いません。素材が面白いんですから。

そもそも、お互いの作品を読みませんでした。生活が忙しいので、時間を稼ぐには相手の作品を読まないところから始めるのが穏当なんです。ですから、作品について辛辣（しんらつ）な批評などしたこともありません。私は「死んだら読むわね」なんて言っていたけれど、この調子だと読まないで終わっちゃうかもしれませんね。

亡くなって一年たちましたが、私は、青い空に三浦朱門の視線を感じたり、声が聞こえると思うときがあります。

声といってもの霊的なものではなくて、いかにも夫の言いそうなことがわかるのです。亡くなった五日後に予定していたオペラを観に行ったのも、「オペラに行かないと、僕が生き返るか？」と言うヒニクな声が聞こえたからでした。

三浦朱門の視線が青い空にあるとすれば、見慣れた生活をしているほうが戸惑わないだろうな、と思います。できるだけ以前と変わらない生活を続けることを、三浦朱門は望んでいるだろうと。自動車も古くなったってそのままでいいし、食べ物も相変わらず、庭で育てた大根を煮て食べていればいいと思っています。家も古いからあちこちおかしいんですけれど、どうせ私があと数年で死ぬから、建て替えないほうがいい。

急に家を白く塗り替えたりしたら、「俺の家はどこだ」ってわからなくなっちゃうと思うの。勘の悪い人でしたからね。ですから何も変わらないというのが、何となくいいように思っています。

初出一覧

老年の自由

老年に向う効用（『オール讀物』２０１０・７）
末席からの眺め（『オール讀物』２００７・１）
天から降って来たカラー（『オール讀物』２００９・７）
すがすがしい空間（『オール讀物』２０１０・１）
一種の芸術、残り物料理（『オール讀物』２０１４・７）
利己的な年寄りが増えた（『産経新聞』２０１６・１・24）
与えて死ぬ時期（『産経新聞』２０１７・11・26）
使命を果たした後の人生（『産経新聞』２０１９・８・11）
老年の自由（『産経新聞』２０１９・６・23）
百歳までにしたいこと（『一個人』２０２０・２）
皇室に抱かれる国民の幸せ（『産経新聞』２０１９・４・29）
皇后（美智子）さまの本屋訪問（『オール讀物』２０１９・５）
突然、何の予告もなく（『文藝春秋』２０１９・５）

人間力は会話力

沈黙も会話も人間力（『産経新聞』２０１６・６・26）
国運を左右する会話力（『産経新聞』２０１６・10・30）
学ぶ道はいくつもある（『産経新聞』２０１８・７・29）
永遠の課題（『産経新聞』２０１９・11・24）
旅の醍醐味は「予想外」（『産経新聞』２０２０・２・16）
「理不尽」を知る効用（『産経新聞』２０２０・５・17）
誰でも人の重荷に（『産経新聞』２０２０・３・22）
害毒とも共存する人間（『産経新聞』２０２０・７・26）
褒められるほどのことではないのに（『社会貢献支援財団』２０２０・３）

若者よ、心躍る人生を！

いつも、正直でありなさい（『産経新聞』２０１５・10・25）
子供たちに作文力を（『産経新聞』２０１６・３・13）
多数に倣わない精神（『産経新聞』２０１６・８・28）
大学無償化は社会の恩恵（『産経新聞』２０１７・５・28）
教育勅語　全否定でいいか（『産経新聞』２０１７・３・26）

死なないで逃げよ（『産経新聞』２０１７・10・８）
危険に学ぶ機会（『産経新聞』２０１８・12・９）
イチロー選手　心躍る人生（『産経新聞』２０１９・３・24）
人を「信じる」前に人を「疑う」（『産経新聞』２０１９・９・29）
教育の基本は実学（『産経新聞』２０２０・１・５）
他人を責めるより自分を（『産経新聞』２０２０・６・21）

生涯をかけて磨く眼力

口先だけの「人道主義者」（『産経新聞』２０１５・12・13）
真の貧困は目に見える（『産経新聞』２０１６・４・24）
米大統領選という生きた教材（『産経新聞』２０１７・１・22）
人を見る目も「防衛力」（『産経新聞』２０１７・７・30）
突然の休刊（『産経新聞』２０１８・９・30）
日本で売るなら日本流で（『産経新聞』２０１９・１・27）
貧困と無知が生む泥棒（『産経新聞』２０２０・９・６）
暇は価値を生んだ（『産経新聞』２０２０・10・４）

神の任命書

「隣人を愛する」難しさ（『産経新聞』２０１８・１・28）
子供に必要な「嘘」の教育（『産経新聞』２０１８・４・８）
「必ず休め」は古来の知恵（『産経新聞』２０１８・６・10）
神の視線の内に（『みこころの会　１００年の歩み』２０１７）
ここに築けよ（『KAJIMA』２０１９・２）
巻末付録――青い空から三浦朱門の声が聞こえる（『文藝春秋』２０１８・４）

本書は、二〇二一年七月刊の単行本『人間の使命』（海竜社）に新原稿を増補した文庫オリジナル版です。

ＤＴＰ制作　エヴリ・シンク

文春文庫

百歳までにしたいこと

定価はカバーに表示してあります

2022年5月10日　第1刷

著　者　曽野綾子
発行者　花田朋子
発行所　株式会社 文藝春秋

東京都千代田区紀尾井町 3-23　〒102-8008
TEL 03・3265・1211(代)
文藝春秋ホームページ　http://www.bunshun.co.jp

落丁、乱丁本は、お手数ですが小社製作部宛お送り下さい。送料小社負担でお取替致します。

印刷製本・凸版印刷
Printed in Japan
ISBN978-4-16-791879-8

考えるヒント
小林秀雄

常識、漫画、良心、歴史、役者、ヒットラーと悪魔、平家物語などの項目を収めた「考えるヒント」に随想「四季」を加え、「ソヴェットの旅」を付した明快達意の随筆集。（江藤　淳）

こ-1-8

考えるヒント2
小林秀雄

忠臣蔵、学問、考えるという事、ヒューマニズム、還暦、哲学、天命を知るとは、歴史、など十二篇に「常識について」を併載して、いま改めて考えることの愉悦を教える。（江藤　淳）

こ-1-9

考えるヒント3
小林秀雄

「知の巨人」の思索の到達点を示すシリーズの第三弾。柳田民俗学の意義を正確に読み解き、現代知識人の盲点を鋭くついた歴史的名講演「信ずることと知ること」ほかの講演を収録する。

こ-1-10

我が老後
佐藤愛子

妊娠中の娘から二羽のインコを預かったのが受難の始まり。さらに仔犬、孫の面倒まで押しつけられ、平穏な生活はぶちこわし。ああ、我が老後は日々これ闘いなのだ。痛快抱腹エッセイ。

さ-18-2

これでおしまい
我が老後7
佐藤愛子

タイガー・ウッズの浮気、知的人間の面倒臭さ、嘘つきについて。20年間「悟る」こととなき爽快な愛子節が炸裂する！　冴え渡る考察とユーモアで元気になる大人気エッセイ集。

さ-18-24

冥途のお客
佐藤愛子

岐阜の幽霊住宅で江原啓之氏が見たもの、狐霊憑依事件、金縛り体験記、霊能者の優劣……。「この世よりもあの世の友が多くなってしまった」著者の、怖くて切ない霊との交遊録、第二弾。

さ-18-13

孫と私のケッタイな年賀状
佐藤愛子

初孫・桃子の誕生以来20年、親しい友人に送り続けた2ショット年賀状。孫の思春期もかえりみず、トトロやコギャルはては晒し首まで、過激な扮装写真を一挙公開！（阿川佐和子）

さ-18-32

東海林さだお
ガン入院オロオロ日記

「ガンですね」医師に突然告げられガーンとなったショージ君。病院食・ヨレヨレパジャマ・点滴のガラガラ。四十日の入院生活が始まった！　他、ミリメシ、肉フェスなど。（池内　紀）
し-6-93

塩野七生
男の肖像

ペリクレス、アレクサンダー大王、カエサル、北条時宗、織田信長、ナポレオン、西郷隆盛、チャーチル……歴史を動かした不世出の英雄たちに、いま学ぶべきこととは？（楠木　建）
し-24-4

塩野七生
男たちへ
フツウの男をフツウでない男にするための54章

男の色気はうなじに出る、薄毛も肥満も終わりにあらず。成功する男の4つの条件、上手に老いる10の戦術など、本当の大人になるための、喝とユーモアに溢れた指南書。（開沼　博）
し-24-5

塩野七生
再び男たちへ
フツウであることに満足できなくなった男のための63章

内憂外患の現代日本。人材は枯渇したのか、政治改革はなぜ成功しないのか、いま求められる指導者とは？　身近な話題から国際問題まで、日本の「大人たち」へ贈る警世の書。（中野　翠）
し-24-6

春風亭昇太
楽に生きるのも、楽じゃない

「笑点」の司会に抜擢、大河ドラマにも出演と波に乗る人気落語家の楽しく生きる秘訣は、嫌なことはすぐ忘れ、なるべく腹を立てないことにあった。ふわふわと明るいエッセイ集。
し-61-1

ジェーン・スー
女の甲冑、着たり脱いだり毎日が戦なり。

「都会で働く大人の女」でありたい！　そのために、今日も心と体を武装する。ややこしき自意識と世間の目に翻弄されながら、日々を果敢かつ不毛に戦うエッセイ集。（中野信子）
し-66-1

新保信長
字が汚い！

自分の字の汚さに今更ながら愕然とした著者が古今東西の悪筆を調べまくった世界初、ヘタ字をめぐる右往左往ルポ！　果たして、50年以上ヘタだった字は上手くなるのか？（北尾トロ）
し-68-1

（　）内は解説者。品切の節はご容赦下さい。

田部井淳子
それでもわたしは山に登る
世界初の女性エベレスト登頂から40年。がんで余命宣告を受け治療を続けながらも常に前を向き、しびれる足で大好きな山に登りつづけた――惜しまれつつ急逝した登山家渾身の手記。
た-97-1

高野秀行
辺境メシ ヤバそうだから食べてみた
カエルの子宮、猿の脳みそ、ゴリラ肉、胎盤餃子……。未知なる「珍食」を求めて、世界を東へ西へ。辺境探検の第一人者である著者が綴った、抱腹絶倒エッセイ！　(サラーム海上)
た-105-1

土屋賢二
ワラをつかむ男
退職したツチヤ教授は神戸に新天地を求めたが、そこでも新たなる苦難が待ち受けていた！「夏の総決算」「風邪の影響」「走った日」など益々混迷深まるエッセイ集。　(佐藤徹郎)
つ-11-21

土屋賢二
無理難題が多すぎる
何気ない日常にも哲学のヒントは隠れている。「妻になる！」と決心したり、「老人の生きる道」を模索したり、野球解説を考察したり――笑い溢れるエッセイ集。　(西澤順一)
つ-11-23

土屋賢二
そしてだれも信じなくなった
やたら待たされる銀行、〇〇するだけダイエット、敬語の存在意義。「だれも信じられない」出来事の数々に出会った哲学者が生み出す極上のユーモア・エッセイ六十篇。　(荒井泰子)
つ-11-25

土屋賢二
日々是口実
異常気象、70代のスーパーボランティア、まさかの自身の骨折。そして老人ホームに入居？　ツチヤ教授の日々は慌ただしくも、思考の糧に満ちている。文庫オリジナル。　(土屋幹雄)
つ-11-26

中野孝次
ハラスのいた日々 増補版
一匹の柴犬を"もうひとりの家族"として、惜しみなく愛を注ぐ夫婦がいた。愛することの尊さと生きる歓びを、小さな生きものに教えられる、新田次郎文学賞に輝く感動の愛犬物語。
な-21-1